HAYMON taschenbuch 6

HAYMON tb **6**

Ungekürzte Taschenbuchausgabe
Haymon Taschenbuch, Innsbruck–Wien 2008
www.haymonverlag.at/haymontb

ISBN 978-3-85218-806-5

Vom Autor durchgesehene, auf die Neue Deutsche Rechtschreibung korrigierte Fassung.
Umschlag- und Buchgestaltung:
Kurt Höretzeder, Büro für Grafische Gestaltung, Scheffau/Tirol
Coverfoto: www.istockphoto.com
Autorenfoto: Rupert Larl

Gedruckt auf umweltfreundlichem,
chlor- und säurefrei gebleichtem Papier.

Alois Hotschnig

Leonardos Hände

Roman

Alois Hotschnig

Leonardos Hände

Wenn einer stirbt, heißt das hier, der kauft nicht mehr ein. Die Zeitung liest sich von hinten nach vorn, die letzte Seite zuerst. Todesanzeigen.
Fünfuhrschicht, der tägliche Streit um die Zeitung, wer weiß es zuerst, wen der Vater geholt hat.
Man schüttelt den Kopf oder nickt, ja, den habe ich gefahren. Betroffenheit, Gleichgültigkeit, aber doch Interesse. Immerhin sind es unsere Kunden.
Frau Holzmann kauft nicht mehr ein.
Vierter Stock, jeden Tag, neunzig Kilo, sagt einer. Jetzt ist sie uns leicht. Sie hat eben Anstand gehabt.

Durch den tatsächlichen oder eingebildeten Schmerz waren so viele, die er zu fahren hatte, auf die rücksichtsloseste Weise sie selbst geworden, und durch die Angst vor der Untersuchung oder Diagnose wie an eine Wand gestellt, redeten sie auf ihn ein, als ob jeder Satz der letzte Satz wäre, als ob noch nichts jemals gesagt worden und alles erst noch zu sagen sei, so redete es aus ihnen heraus auf ihn ein, so schaufelten sie ihre Angst oder was immer aus sich heraus und luden sie auf ihm ab. Nur sie selbst in ihrem Schmerz, in der Ausschließlichkeit ihres Zustands waren sich wichtig, jeder litt für sich allein und war sich der erste und einzige Kranke der Welt, jede Belanglosigkeit war ein Ereignis und stellvertretend für die Menschheit gelitten, Reinigung trat so nicht ein.
Dieser Redeschwall prasselte oft mit einer Wucht auf ihn ein, dass es unmöglich war, sich zu rühren, angespannt alles, er schrumpfte bei diesen Gesprächen, wie unter Schlägen verkleinerte er sich, wie unter Schlägen verkroch er sich in die Aufmerksamkeit hinein, die ihm abverlangt wurde, ja sagen, zuhören, nicken, sonst überlebte man nicht.

Gar nichts verstehen Sie, keine Ahnung haben Sie, was das heißt, der Befund, diese Schmerzen, oder haben Sie es an sich selber erlebt, haben Sie das, es haben ja immer alle für alles Verständnis, weil es das Bequemste ist, weil es das Verlogenste ist, Heuchelei, dass man sie mit sich verschont.

Ich verstehe ja, heißt es, mein Gott, bist du krank, und die Schmerzen, aber doch, wenn man dich ansieht dabei, wie du das nimmst, diese Kraft, großartig, ich hätte die nicht, und wie du das schaffst und damit fertig wirst, jeder andere hätte schon aufgegeben, ich bewundere dich, hört man dann, und diese Bewunderung heißt nur, verschone uns mit dir, großartig bist du, wunderbar, was immer du willst, und ich habe Respekt und den zeige ich auch, und ich denke ja ständig an dich, wie es dir geht, was du tust, und wenn es mir schlecht geht, denke ich an dich, was du jetzt tun würdest, was du jetzt für Kraft haben würdest, und dann höre ich ja auch schon auf mit dem Klagen und werde ganz klein neben dir. Und so haben immer alle für alles Verständnis und verstehen in Wirklichkeit nichts. Auch Sie verstehen in Wirklichkeit gar nichts.

Das ist richtig.

Verstehen kann das nur einer, der das selbst durchgemacht hat.

Ja.

Verständig sein, demütig sein, schwach, sonst überlebte man nicht, den Schwachen ein Schwächling, den Starken ein Schwächling und vor sich selber ein Nichts.

Gleichgültigkeit war ein Berufsinstrument, ohne das ihnen die Arbeit nicht möglich war, und wie die Handschuhe hatte man sie immer dabei.

Eingeübt wurde sie mit dem Waschen, das ihnen fast eine Manie war. Wenn sie in die Station kamen, wuschen sie sich die Hände, wenn sie auf eine Ambulanz kamen, wuschen sie sich und reinigten sich so von dem Ekel, wieder jemandem den Diener gemacht zu haben. Durch dieses Waschritual trat Ruhe ein. Gleichgültigkeit, nichts konnte ihnen mehr etwas tun. Die Uniform hatte Retter aus ihnen gemacht, nach außen, so wie sie nach innen gegen alles, was irgendwie schädlich sein konnte, abdichtete.

Wie heißen Sie, bitte.
Frau Geller, Ihr Vorname.
Geboren sind Sie wann.
7. 6. 18.
Wo wohnen Sie.
Liechtensteinstraße 12. Hören Sie, mir tut alles weh.
Die Pension kommt von Salzburg?
Ja. Salzburg.
Danke. Das war's.

Vor ihrem Mitleid blieb keiner verschont, auch nicht sie selbst, und war einer erst einmal tot, dann hatte er Anstand gehabt und war ihnen der liebste Patient.
Aber die wuchsen ja nach, als gingen sie auseinander hervor, eine Frau Holzmann, die nächste. Das rechtfertigte ihre Verachtung, man musste sich gegen sie wehren, indem man über sie lachte. Die Kranken sind in der Mehrheit und jeder zu einem Ende Gebrachte hinterließ einen neuen Kranken, der zu fahren war, es hörte nie auf, und davon lebte man ja.
Einer las aus der Zeitung die Toten heraus, und ihr Gelächter darüber tarnten sie als Verbundenheit, die doch nur Komplizenschaft war. Am besten, mein Lieber, beweint man sich immer noch selbst, und das stimmte, man sprach aus Erfahrung, am besten beweint man sich immer noch selbst.

Nur vor einem hatten sie Angst und waren trotzdem nie darauf gefasst, der eigenen Kälte, Verachtung, dem eigenen Abgebrühtsein in einem, von dem es nicht zu erwarten war, in einem Angehörigen eines Kranken oder gar im Betroffenen selbst und also unverhofft ausgesetzt zu sein.
Unverhoffte Gleichgültigkeit irritierte sie wie nichts sonst. Selbst bis in die Gefühllosigkeit hinein abgetötet, registrierten sie jede Gefühllosigkeit dort, wo sie nicht stattzufinden hatte.
Und so reinigten sie ihr Gewissen, indem sie sich eine Geschichte erfanden, was sie jetzt täten, wären sie an dessen Stelle, und machten als derjenige im Kopf alles gut, was der je verbrochen haben mochte.
Selbst nicht betroffen, hätten sie alle Liebe der Welt bereit gehabt und auch aufgebracht, tatsächlich, in der Möglichkeitsform, wäre es ihr Leben gewesen, um das es jetzt ging, und bereiteten sich so auf eine Unschuld vor, die erst noch zu spielen war.

Die Frau da. Holen Sie diese Frau ab.
Und wer sind Sie?
Die Tochter. Warum.

Vor was oder wem immer sie wegliefen, hier waren sie aufgehoben, hier hatten sie Sinn, die Ausrede *Rettung* war immer parat und für alles gut, ein gutes Motiv, wofür immer, der beste Ort unterzutauchen, die Uniform öffnete Türen, man weiß ja nie, wann man euch braucht. Man kann dastehen vor sich, hörte er, immerhin. Und wenn schon nicht vor sich selbst, so doch vor den anderen, denen eine gut gekleidete Lüge genügte. Waren sie unter sich, glaubte keiner dem anderen das edle Motiv, weil jeder wusste, woher man in Wirklichkeit kam.

Keiner hatte mit keinem nach Dienstschluss zu tun, zu sehr fürchteten sie, sich preiszugeben, privat, und sich damit einer neuen Abhängigkeit auszuliefern.
Respekt haben nannten sie es, und das hieß Angst haben, kuschen, gehorchen, den Bückling machen.
Respekt hatten sie voreinander. Die Regel war einfach, Respekt wird dir entweder gezollt oder du hast ihn zu haben, und die Verteilung der Rollen war so leicht wie die Regel und entschied sich beim ersten Gespräch, und wenn nicht beim ersten Gespräch, dann beim ersten Einsatz, bei dem es schon dadurch um mehr als bloß um das Retten von Leben und also um eine Alltäglichkeit ging. Verloren hatte man schnell, und hatte man einmal verloren, war man auch schon in der Abhängigkeit eines Zeugen, davon, ob der einen preisgab oder sich mit einem verband. Auch das kostete. Denn eine Lüge deckte so eine andere zu.
Auf der Hut sein, denn keiner wusste von keinem, wer wem ein Zuträger war. Widerstand durfte es, wollte man hier überleben, erst gar nicht geben und musste, wann und wo es ihn gab, erstickt und mundtot gemacht werden. Immer eine Einschüchterung parat, die in friedlichen Zeiten auch eine Freundlichkeit sein konnte, schlichen sie umeinander herum, stets auf der Lauer vor einer Bedrohung, Revierkämpfe spielten sich öffentlich ab, zwischen Fahrer und Beifahrer schien nur ein Oben oder Unten möglich zu sein, wer darf über wen lachen, Verbrüderung war ein Zeichen von Schwäche, die einzugehen man nur angeschlagen nötig hatte.
So hatte man voreinander Respekt, so fand man sich ab und so hatte man sich arrangiert.

Einige hatten sich nicht arrangiert und nicht mit einer Zukunft abgefunden, die irgendwann aber trotz allem die ihre sein würde, und arbeiteten auch außerhalb, nach

Dienstschluss, noch einige Stunden, um sich eine Heimeligkeit, eine Wohligkeit, für ein Kind vielleicht, irgendwann einmal leisten zu können. Sich herausarbeiten, nannten sie es. Die anderen, alle, hatten sich damit abzufinden begonnen, dass für sie alles war, wie es war.
Auf der Suche nach ihren Fähigkeiten waren sie irgendwann bei den Möglichkeiten angelangt, ihr Leben hatten sie abgeschrieben und so schrieben sie andere ab, ohne es zu wissen, hatten sie mit sich Schluss gemacht, irgendwann, längst, mit allem, was sie je hätten ausrichten können, dort, wo ich hin kann, bin ich angelangt.
Ein jeder belächelt von jedem außer von sich selbst, einige auch von sich selbst, waren sie aber doch vor sich groß und stellten was dar, Wettbewerbsangler, Vereinskrippenbauer, Europameister im Hasenzüchten, alle waren sie groß und liefen dem Glück nicht mehr nach.

Sie haben ja keine Haltung, beide nicht, meine Herren, mit Verlaub. Da kommen Sie und holen den alten Herrn Behr aus dem Bett und stehen da, als ob ich Ihnen die Krücke sein sollte, so nicht, meine Herren. Aufrechter Gang, aufrichtig aufrecht, sehen Sie, so, das ist aufrecht. Und wie alt bin ich, raten Sie, nein, nicht mit dem Tragstuhl, nur stützen, frisch operiert, wissen Sie, Hüfte, die erste Operation seit '40, müssen Sie denken, seit '40 nie krank, das kenne ich nicht. Wie alt, glauben Sie, sind diese Zähne, und alles echt, sehen Sie, alles echt, bis auf den einen rechts unten, und der hätte nicht sein müssen, so ein Pfuscher, '55, gleich nach dem Krieg, wissen Sie, den Namen sage ich nicht.
Wie heißen Sie denn überhaupt, junger Mann?
Weyrath, Kurt.
Wie alt. Achtunddreißig, fünfunddreißig, Sie gestatten doch, dass ich schätze?
Aber ja.

Also. Wie alt.
Zweiunddreißig.
Sehen Sie, zweiunddreißig, ein Kind, Sie gestatten. Aber diese Haltung, hören Sie, eine Krücke sieht anders aus, junger Mann. Viel durchgemacht, was? Natürlich, habt ihr ja alle, ich vergesse das immer. Je jünger, desto mehr machen sie durch. Also. Wie alt sind diese Zähne, schätzen Sie. Die sind um die Achtzig herum, sage ich Ihnen. Die haben das russische Brot überlebt. Und drei Frauen. Sie fragen nicht nach. Ich verstehe. Wie viele Tote?
Ich verstehe nicht.
Haben Sie denn keine auf dem Gewissen. Gar keine?
Wahrscheinlich. Vielleicht.
Also. Wie viele.
Eine. Vielleicht. Ich weiß nicht.

Patienten, die öfter zu fahren waren, kamen ihnen dahinter und nahmen sie bei ihren Schwächen und spielten mit ihnen und machten sie sich auf diese Weise verfügbar und wussten genau, welche Wunde beim jeweiligen Fahrer zu stillen war durch ein Gespräch.

Diese gemeinsame Ernsthaftigkeit, wenn es um Versäumnisse ging. An den Fahrern merkte er, dass es richtig war, was die Kranken ihm sagten. Die hatten immer schon alles erlebt, hinter sich gebracht alles, und dieses Alles war ihnen aus der Erinnerung und also in Wahrheit gar nichts.
Eine schlechte Bilanz, Sie junger Mensch Sie. Seit ich im Altersheim bin, sehe ich erst, wie viele junge Menschen es gibt, und in jedem von ihnen habe ich mich versäumt. Brav gewesen, die Pflicht erfüllt, aber welche, wofür. Und darauf auch noch stolz?

Die braven Alten, dachte er sich, wenn ihm eine Frau Rosa, achtzigjährig, zwischen die Beine zu greifen versuchte.
Mein Gott, junger Mann, nichts für ungut. Grasen Sie, sage ich Ihnen, gehen Sie fremd, ich war brav, mein ganzes Leben lang war ich brav, eine Aufrichtigkeit bin ich gewesen, jedem habe ich in die Augen sehen können. Und keinem habe ich je richtig in die Augen geschaut. Grasen Sie doch, scheren Sie aus, greifen Sie sich ein Stück Fleisch, solange es Ihnen angeboten wird. Zum Bravsein und zum Bereuen ist immer noch Zeit. Die Reue über ein schlechtes Gewissen, Sie junger Mensch Sie, tut am wohlsten, wenn das schlechte Gewissen ein Recht darauf hat zu bestehen.
Das Bravsein bereuen ist die Hölle. Dann gibt es den Himmel nicht mehr.
Abgefault alles, sehen Sie her, eingefallen.
Ein Stück Fleisch, Gnädigste, ein Stück Lust, und darf es ein bisschen mehr sein? Aber ja doch, immer, mein Freund. Das Bravsein macht stolz, sage ich Ihnen. Die würdigen Greise, sehen Sie mich an, alt macht das Bravsein.
Und Sie. Sind Sie auch brav? Sie sind ein guter Mensch, Sie hören mir zu. Aber was denken Sie?
Wenn man nichts mehr zu tun hat, wissen Sie, dasitzen, aufstehen, Tee trinken, schlafen. Und wenn einem so die Vergangenheit kommt, mit der Zeit, kommt einem nicht das, was war, junger Mann, sondern das, was hätte gewesen sein können. Davon kann man leben, wenn das ein Leben ist. Aber davon lebt man nicht gut.
Das Vergissmeinnicht wächst mit dem Alter, nur, was nicht gewesen ist, vergisst sich so schwer. Grasen Sie, sage ich Ihnen, schlagen Sie aus, mit einem guten und einem schlechten Gewissen, egal, irgendwann bereuen Sie ohnehin beides. In Ihrem Alter, wenn man da etwas

versäumt, kann das gut sein, man steht vor sich da und man ist doch ein edler Mensch, eigentlich, nicht? Das tut gut, denn man weiß, dass noch etwas kommen wird, irgendwann, das man dann nicht mehr versäumt, das tut gut, ein reines Gewissen, mit der Möglichkeit, immer noch alles zu ändern. Das habe ich gehabt, hörte er, und aus dieser Sicht sind die Versäumnisse schöner, im Kopf, so lange man noch alles hat.
Doch ändert sich das mit der Zeit, mit der dein Rock länger wird, weil er ganz einfach länger zu werden hat. Man muss brav sein und keusch, wissen Sie. Und mit der wachsenden Länge der Röcke nehmen die Versäumnisse zu, so wie die Gelegenheit abnimmt, und irgendwann bestehst du nur noch aus Stoff und man achtet dich oder nicht, und du verachtest dich selbst, wenn du im Altersheim sitzt als eine Frau Rosa, sagt sie, und nicht mehr herauskommst aus diesem Stoff. Geben Sie mir die Hand. Du ekelst dich, nicht. Gib mir die Hand, so junges Fleisch gibt es hier nicht jeden Tag.

Wohin bringen Sie mich eigentlich?

Wenn man nichts mehr zu tun hat, wissen Sie. Hier unterschieden sie sich von den Alten, denn sie hatten zu tun, und unterschieden sich auch wieder nicht, denn die Vergangenheit fand trotzdem Zeit, sich zu rühren, und Überstunden waren dagegen das falsche Rezept.
Der Weyrath kommt vor lauter Eifer nicht zur Welt, hatte es immer wieder geheißen, als es noch aussah, als wolle er über ihre Köpfe hinaus, und diesen Eifer gewöhnst du dir ab, Kurt, verstehst du.
Seit dem Unfall hatte er kein ehrliches Gespräch mehr geführt, das ihn betraf, seit damals übte er sich im Verstecken, etwas loswerden müssen und doch nicht loswerden können.

Und immer die Angst, wenn er sich jemandem näherte, dem er sich hätte anvertrauen wollen, dass etwas aufkommen könnte und dass ihm nicht etwas herausrutschte, unverhofft, und so an die falsche Adresse kam und er dann dastehen würde, das also bist du.
Das verhinderte ihm die Gespräche, nach denen er seit damals süchtig war, es jemandem sagen und sich eben doch nicht verraten dabei, Linderung war, Hoffnung, auf dem Weg zu einem Gespräch, das ihm dann doch jedes Mal zu einem Vernichtungsgespräch wurde, aus dem er sich nicht mehr zu retten verstand, außer durch die geäußerte Hoffnung, der andere wäre durch ihn gestört und hätte also keine Zeit, und dieses Vielleicht störe ich dich, das er sich in diesen Momenten sagen hörte, war nie etwas anderes als sein Rückzugsversuch aus solchen Gesprächen gewesen, jede Hoffnung auf eine Aussprache war nur die Sehnsucht danach, merkte er, und genügte. Jemanden aus einer Ausweglosigkeit heraus anrufen, in der Hoffnung, dass der auch da ist und abnimmt, und mit der Angst davor, dass er nicht abheben wird, mit der Angst vor der Panik, die sich einstellte, jedes Mal, wenn keiner da war, danach war er süchtig geworden, und, wenn einer da war und abnahm oder die Tür aufgemacht hat und ihm einen Stuhl anbot, ein Getränk, und mit dem Reden begann, in eine noch größere Ausweglosigkeit hinein niedergeredet zu werden, davor hatte er Angst, davor flüchtete er und konnte nicht weg, kein Entrinnen, es gab keinen Ausweg als den, die Geschichte des anderen zu hören und über sich ergehen zu lassen. Begnadigung, wusste er, gab es erst nach der Zerstörung, nachdem der andere aufgehört hatte zu reden und fertig war mit sich selbst und im Reinen mit sich, wie es schien, und abließ von ihm und zu einem Ende kam und das Gerede einstellte, mit einem Vorwand, den jeder andere leichter fand als er selbst.

Warum also anrufen, warum durch die Kälte zu einer Haustür in der Hoffnung, dass doch keiner da ist, warum jemanden aus dem Bett reißen, nachts, und dessen Verärgerung spüren, um dann doch nur ungestört sein zu wollen und unbehelligt zu bleiben, warum war es nicht möglich, es beim Gedanken an einen Anruf, an einen Besuch, an was immer, bewenden zu lassen. Wie spricht man mit jemandem, ohne es auch tatsächlich tun zu müssen.

Im Rettungswagen, in seiner Rettermontur, im Vergleich mit dem Kranken war er die peinlichste Karikatur, im Vergleich mit dem Kranken verschwand er vor sich in die Nichtigkeit hinein, die ihm gut tat und zu Gesicht stand, weil es die seine war, verglichen mit einem, der da vor ihm lag in einem Zustand, in dem er von sich aus nichts tun konnte, außer eben sich zuzugeben und zu sich zu stehen. Wenn das, was so einen Menschen einmal ausgemacht hatte, wieder zunahm an ihm, dadurch, dass er sich ganz einfach nicht aufgab.
Beim Wachsen zusehen, beschämend, ermutigend, einige wuchsen sich wieder zurecht. Einer, Max Schreger, Wolkensteinweg. Ein Querschnitt, gelähmt. Therapie. Seit zwei Jahren.
Wenn so einer sich dann mit der Zeit vor ihm aufzurichten begann und die Bahre hinter sich ließ und in der Folge auch den Tragstuhl verweigerte, ich will allein gehen, immerhin bin ich nicht tot, ich hole mich da wieder heraus.
Sich schämen, wenn es einem wie Schreger auch wirklich gelang, dafür, ihn nicht damals schon ermutigt zu haben, es nicht gewagt zu haben, diesen Menschen in eine Hoffnung hineinzuhetzen, die er für sich selber nicht hatte, beschämte ihn dann umso mehr, als der Kranke ihn in seine Heilung einbezog und damit zu einem Teil seiner

Genesung zu machen versuchte, durch die Dankbarkeit, der er nicht auskam, das verdanke ich dir, das verdanke ich euch, hätte es dich nicht gegeben, läge ich längst in der Erde und gäbe es euch nicht, läge ich immer noch mit dem Querschnitt im Bett oder säße im Rollstuhl.
Bei Menschen wie Schreger war die Fähigkeit, ihren gegenwärtigen Zustand nicht wahrhaben zu müssen, indem sie ihn durch den Gedanken an eine Zukunft, in der alles anders sein würde, Lügen straften, in einem Maß ausgebildet, das ihm nicht nachvollziehbar war. Nur ihre Angst war für ihn nachvollziehbar, bis dahin konnte er mit, Angst haben, Mitleid, mit ihnen und also mit sich.
Und die Wetten, auf wen setzt du, die er fast immer gewann, weil er dagegen wettete, das schafft der nicht, nein.
Du machst den Fehler, hatte ihm einmal ein Fahrer gesagt, du gibst ihnen keine Chance, denk daran, du würdest so daliegen wie der und wir würden jetzt wetten, bei dir selbst hättest du keine Chance. Und das stimmte, zusehen beim eigenen Versagen, und dort, wo es nicht sein musste und damit auf einem Schauplatz zu scheitern, der gar nicht seiner war, das war ihm seit jeher vertraut.
Nein, warten Sie, wie war das, zuerst haben sie mir die Finger abgenommen und dann den Fuß. Den rechten zuerst. Das mit den Nieren hat dann erst später begonnen. Wie haben Sie eigentlich gemerkt, dass ich blind bin?

Ein Schauplatz, an dem er den anderen beim Scheitern zusehen konnte, war das Olympische Dorf, in dem er fast täglich stundenlang auf Empfang zu stehen hatte und in dem die Fahrer einander ausgeliefert waren wie nirgendwo sonst, weil es dort keine Ablenkung gab.
O-Dorf, Empfang, das hieß dasitzen und warten, auf was immer, auf Erlösung, wieder abberufen zu werden. Das

O-Dorf war ihnen verhasst, denn es bedeutete, dass man in Ungnade war, und in Ungnade fallen war leicht. Es bedeutete zwischen den Hochhäusern sitzen und warten, bis einer sprang.
Olympisches Dorf, O-Dorf. Selbstmorddorf, sagten sie. Das hat viele Türme. Da kommt man zum Turmspringen hin. Auf Empfang stehen und warten. Darauf, dass einer springt. Sturz aus großer Höhe, heißt das, ein Mann, Schützenstraße. Austraße, Sturz aus großer Höhe, ein Kind. An-der-Lan-Straße, Sturz aus großer Höhe, eine Mutter mit Kind. Kajetan-Sweth-Straße, Sturz aus großer Höhe, ein Mann. Innstraße, Sturz aus großer Höhe, zwei Kinder, Rotadlerstraße, Sturz aus großer Höhe, eine Frau und ein Kind. Bettelwurfgasse, Sturz aus großer Höhe, ein Kind. Col-di-Lana-Straße. Monte-Piano-Straße. Neururerstraße. Kugelfangweg. Auf Empfang stehen, auf Empfang stehen, täglich, ein paar Stunden, An-der-Lan-Straße, Schützenstraße, Kajetan-Sweth-Straße, jeden Tag, Innstraße, Rotadlerstraße, bis man einander nicht mehr ertrug, Bettelwurfgasse, An-der-Lan-Straße, auf Empfang stehen und warten. Und hoffen. Dass keiner springt, nicht diesmal, und hoffen, dass nichts passiert, auch wenn das die Zeit endlos machte.
Die Springer waren ihnen verhasst, denn nur ihretwegen stand man dort auf Empfang, nur ihretwegen und also zwecklos. Auf dem Weg zu einem Springer ließ man sich Zeit, denn man wusste, dass da nichts mehr zu wollen war. Einige von den Fahrern wohnten im O-Dorf. Ihnen war es der schönste Ort, nach wie vor und trotz allem, privat ist es doch der schönste Ort, sagten sie.
Und war man dort auf Empfang und einer sprang, war man eben im Dienst. Das Olympische Dorf hatte alles für sie, Reithalle, Tennishalle, Schwimmbad, einen See, was brauchte es mehr. Und die Aussicht aus ihren Tür-

men heraus über den Rest der Stadt, da war man ganz einfach daheim.

Wo sind wir denn jetzt?

Von Tag zu Tag wird es schlechter mit ihr, müssen Sie wissen, mit jedem Tag nimmt sie ab, da hilft auch kein Doktor mehr, wissen Sie. Therapie, täglich, was habe ich nicht alles probiert, aber etwas muss man schon selber dazutun, etwas Wollen gehört schon dazu, was sagen Sie, aber sie will ja nicht, du willst ja nicht, Linde. Für mich tust du es nicht, sage ich dir, nur für dich. Aber dass sie das einsehen würde! Was glauben Sie, habe ich nicht alles probiert.
Den ersten Schlaganfall haben wir gut überstanden, wir sind gemeinsam auf Kur gefahren, Bad Häring, Stolzalpe, Graz, überall bin ich mit ihr gewesen. Ich habe immer alles mitgemacht, ich bin ja selber schon ein halber Krüppel geworden, so etwas nimmt einen doch auch mit.
Aber da muss man eben zurückstecken, und das habe ich getan. Seit fünf Jahren stecke ich täglich zurück. Aber sie will ja nicht. Seit fünf Jahren muss ich sie regelrecht zwingen zu ihrem Glück, denken Sie. Sonst wäre sie ja gar nicht mehr da, glauben Sie mir. Und das kostet, ich kann Ihnen sagen, das nimmt einen mit. Sie hätten mich sehen sollen, vor fünf Jahren, und jetzt, was ist jetzt, sehen Sie mich an.
Zurückstecken, heißt es. Und das ist man sich doch schuldig, gegenseitig, nicht. Dazu ist man doch schließlich zusammen. Und lange genug gesucht hat sie mich ja. Nicht, Linde?
Dabei hat sie alles wieder gelernt, es hat alles so gut angefangen. Sie hat sogar den Arm wieder zum Mund führen können, denken Sie.

Aber. Von einem Tag auf den anderen schmeckte unserem Suppenkaspar die Suppe nicht mehr. Und seitdem ist die Hand wieder unten. Sie spürt nichts, sagt sie. Alle Ärzte sagen das Gegenteil. Stechen Sie sie mit einer Nadel in den Arm und Sie werden sehen, dass sie zusammenzuckt. Ich habe es probiert, im Schlaf lügt man nicht, wissen Sie. Auch meine Linde nicht. Aber sie bleibt dabei, spürt nichts, redet nichts, sie rührt keine Hand, keinen Fuß rührt sie mehr, sie isst ihre Suppe nicht mehr. Und begreift nicht, verstehen Sie mich, dass dadurch alles umsonst war, was ich ihr wieder beigebracht habe.
Frau Sonner, ist Ihnen nicht gut?
Doch. Aber ich will.
Was willst du. Sag, was du willst. Du weißt genau, dass du nicht sprechen kannst. Das Sprechen ist gegen jegliche Anordnung. Das überanstrengt dich. Sagt ihr Arzt.
Ich will. Etwas sagen.
Etwas sagen will sie, meine Linde und etwas sagen. Die fünf Jahre daheim sagt sie kein Wort. Wenn wir daheim sind, schweigt sie sich aus, ja das kann sie. Kein Wort. Aber Sprechübungen, täglich. Seit fünf Jahren. Nicht ein Wort bringt sie heraus. Aber jetzt, wo wir auf Reisen sind, Linde, nicht, da könntest du sprechen, da kämen dir so die Wörter, die dir die letzten fünf Jahre daheim nicht und nicht kommen wollen, und sprudeln dir jetzt nur so heraus. Sie ist zwanzig Jahre älter, wissen Sie.
Und Sie sind ihr Mann?
Lebensgefährte. Verwitwete Sonner, verstehen Sie. Mein Vorgänger war ein harter Bursche, ich kann Ihnen sagen. Hat sie arg zugerichtet. Nur ausgenutzt. Aber dann, wie das Schicksal so spielt, eines schönen Tages: ex. Im Bett, denken Sie.
Sie hat lange gebraucht, danach, bis sie einsah, dass es zu zweit besser geht. Meine Linde ist nicht die Schnellste. War sie nie. Aber wenn man etwas gemeinsam zu tra-

gen hat, wissen Sie, das verbindet. Da wächst man so richtig zusammen. Und allein wäre sie ja jetzt gar nicht mehr fähig, sehen Sie sie an. Aber was sage ich Ihnen. Wenn du jetzt allein wärst, Linde, würdest du schauen, wie du durchkommst.
Frau Sonner. Was möchten Sie sagen?
Nichts sagt sie, gar nichts, verstehst du, kein Wort sagt sie dir. Die Linde ist jetzt ganz still. Nicht?
Frau Sonner. Wann sind Sie denn geboren?
Neunzehnhundert. Einunddreißig.
Habe ich Ihnen nicht gesagt, dass Sie mit ihr nicht zu sprechen haben. Mit dem reden wir nicht mehr, Gerlinde, der Herr versteht uns nicht, scheint es. Und du sagst kein Wort mehr. Eine Frechheit, einen behinderten Menschen so zu quälen, du siehst doch, dass sie nicht reden kann. Aber das hat ein Nachspiel, sage ich dir. Diese Frau hatte einen Schlaganfall, merkst du das nicht, du Sanitäter, diese Frau ist ein Wrack, am Ende, total fertig, verstehst du. Der hilft nichts mehr, gar nichts. Und du redest hier wie ein Buch auf sie ein, rücksichtslos, und quälst sie mit deinem Gefrage.
Macht dir das Spaß? Schau dir doch ihren Zustand an, Mensch, und das neben mir, noch ein Glück, dass ich dabei bin, aber dem ist das doch völlig egal. Und dabei weiß er genau, dass sie Sonner heißt und verwitwet ist und dass sie versichert ist, du fährst sie ja fast jeden Tag. Aber diesmal hat das ein Nachspiel, das verspreche ich dir.
Frau Sonner.
Ja.
Wenn du noch ein Wort sagst, Linde.
Haben Sie Schmerzen?
Nein. Seit fünf Jahren. Geht es mir gut. Das wollte ich. Sagen. Seit fünf Jahren. Spüre ich. Nichts.

Rückendeckung hatten sie keine, und so *quälten* sie ihre Kranken nicht über Gebühr. Und doch waren Nachspiele üblich, und sie wurden zitiert, hinzitiert, über Lautsprecher, über Funk, öffentlich, für alle hörbar, Weyrath zum Dienstführer, Weyrath in die Leitstelle kommen. Und nicht nur Weyrath, jeder von ihnen war irgendwann dran, zu seiner Zeit, wie nach Plan. In die Leitstelle kommen, etwas abklären, dass keiner wachsen konnte und wuchs, indem er längere Zeit ungeschoren davonkam.
Man war in der Hand des Patienten oder von dessen Lebensgefährten und, wenn es tatsächlich ein Nachspiel gab, dessen Anschuldigungen ausgeliefert wie ein Kind und hatte sich mit dem Kläger ins Einvernehmen zu setzen, gib es zu und entschuldige dich, auch, wenn es vielleicht nicht ganz stimmt, was er sagt. Aber für ihn war das so, das musst du verstehen, der Schock und die Angst, versuch doch, ihn zu verstehen.
So hielt man sie sich verfügbar und klein. Und sah einer sein Vergehen nicht ein, hatte er ganz einfach Rücksicht zu nehmen auf den Namen *Rettung*, immerhin war man Teil einer höheren Ehre.
Diese Erpressbarkeit machte klein und verschlagen und schürte den Hass, denn der Hintergedanke bei diesem Rapportspiel war ihnen vertraut.
So sicherte man sich von oben herab gegen sie ab, indem man sich ihrer Dankbarkeit versicherte, dafür, dass man ihnen noch einmal, wieder einmal, und zu Recht oder Unrecht ein begangenes oder angebliches, in jedem Fall aber gegen sie vorgebrachtes Vergehen verzieh.
So standen sie alle in einer höheren Schuld, und ließ einer dieses Ritual erst einmal über sich ergehen, wollte er auch nicht mehr weg, darauf war Verlass, den hatte man sicher.
Der Hass, der aufkam dabei, war der Obrigkeit dort egal, wichtig war, dass sie spurten, und das taten sie.

Du hast eine Frau Sonner *gequält*, sagt man. Hast du das? Wie.
Wer sagt das.
Eine Information. Reden wir nicht mehr davon.

In der Leitstelle war die Polizei ständig Gast. Die Bänder abhören, auf denen die Funksprüche aufgezeichnet waren. Die Überprüfung der Zeit vom Einsatzbefehl bis zum Eintreffen des Wagens. Nichts nachweisbar, nie. Oder wenn, dann ein Stau, für den keiner etwas konnte, und es war ja verständlich, dass am Einsatzort einem, der auf sie wartete, weil dort einer im Sterben war, die Zeit eine andere war als für sie, die sie dort erst einmal hinkommen mussten.
Und das war zu klären und wurde geklärt, von der Polizei, durch die Überprüfung der Bänder, für die man jetzt dankbar war, dass es sie gab.

Aber ich weiß doch, ich komme nicht mehr zurück. Machen Sie mir nichts vor.

Warum tat man sich das alles an, warum war man da, immer noch, trotz allem Hass auf die Obrigkeit und trotz all dem Ekel vor allen möglichen Lebensgefährten, wie kam man dazu. Unfälle hatten es ihm angetan und ließen ihn bis in die Träume hinein nicht mehr los, nach Unfällen war er süchtig wie nach den Gesprächen darüber, Unfälle hatten ihm schließlich auch seinen Posten gebracht.
Der Weyrath hat einen Unfallinstinkt. Wenn er Dienst hatte, bei einem Unfall schickte man ihn. Von den anderen riss sich auch keiner darum, unser Weyrath wird das schon machen, und der machte es auch, und noch dazu gut.

Abschied von meinem Bett. Auf Wiedersehen, Zimmer. Fahren wir jetzt in den Himmel?

Museumstraße. Ein Unfall. Bruder Bertram, achtundsiebzig. Betrunken, auf dem Weg in die Bank. Zwei Krücken.
Um keinen Preis fahre ich mit euch mit, und was gebrochen ist, weiß ich selbst, und es stimmt nicht, das Bein ist in Ordnung, da ist nichts gebrochen, das habe ich auch dem schon gesagt, der euch geholt hat, wohin ich jetzt gehe, das sage ich euch, ihr helft mir jetzt auf die Beine, seid so lieb, das genügt dann, versteht ihr, bei mir ist nichts gebrochen, ausgerutscht auf dem Eis da, das kann doch jedem passieren, das meint ihr doch auch, das kann jedem passieren, sogar euch, das ist doch kein Grund, einen Menschen zu stören, ich brauche euch nicht, helft mir auf und dann geht, ich bitte euch, macht doch kein Aufheben um den Fuß, das ist gar nichts, das ist nichts, sage ich, das euch etwas angehen könnte, ich bestehe darauf, dass ihr geht, ihr bringt mich in Teufels Küche, wenn das aufkommt, wenn das ruchbar wird, mein Gott, sage ich euch, das geht niemanden etwas an, ihr habt doch auch hin und wieder so eure Wege, die ihr allein geht, warum nicht auch ich, nicht ins Kloster, nein, lasst mich in Ruhe, mir fehlt nichts, das wird wieder gut, helft mir nur auf die Beine, warum in die Klinik, ich will nicht in die Klinik, die brauche ich nicht, ich bin der gesündeste Mensch, mir fehlt gar nichts, ich beschwöre euch, geht wieder weg, nein, meldet mich nicht, versteht doch, die werfen mich raus, die köpfen mich, verstehst du, ich habe doch dort meine Arbeit zu tun, Mensch, wenn das aufkommt, mach doch keine Affäre daraus, ihr seid doch gute Leute, was habt ihr davon, wenn ihr mich ins Spital bringt, wer hat was davon, frage ich, ihr doch wohl nicht, ihr

habt nur die Arbeit und mich bringt ihr um damit, das ist mein Tod, sage ich euch, das könnt ihr mir doch nicht antun, was habt ihr davon, stellt mich sofort auf die Beine und lasst mich in Ruhe, das wäre ja noch schöner, wenn man nicht einfach so hinfallen könnte, wie man will, ohne behelligt zu werden, und dann auch noch gleich in die Klinik, wenn das aufkommt, ich sage euch, also was jetzt, lasst ihr mich los, kann ich gehen, ich tue es auch nicht mehr, ich verspreche, es nicht mehr zu tun, ich sperre mich ein, das verspreche ich, ich gehe nicht mehr auf die Straße, dass es auch nicht mehr passiert, ist das gut, reicht euch das als Gelübde, ich bitte euch, lasst mich jetzt gehen, das ist mein Tod, wenn das aufkommt, das verstehst du doch, Junge, ich bin nicht versichert, verstehst du, die Schmerzen halte ich schon aus, das ist nicht das Problem, ich muss in die Küche, ich habe zu tun, wenn das aufkommt, und es kommt auf, denn ich bin schon zu spät, ich bin ja der Koch dort, ich muss jetzt, versteht ihr, ich war ja nur eben so heimlich, das hat man davon, aber es kommt nicht mehr vor, das verspreche ich euch, seid doch nicht so, was tue ich denn in der Klinik, die lachen mich dort ja nur aus, schon wieder der Pater, schon wieder Sie, haben wir wieder genippt, und nicht versichert, seht ihr denn nicht, die Krücken, die habe ich noch vom letzten Mal, vor fünf Wochen, dasselbe, und auch mit der Rettung, ganz schrecklich, ich sage euch, schrecklich, die stellen mich jetzt an die Wand, ich bin achtundsiebzig Jahre alt und tue, was ich will, ihr habt mir gar nichts zu sagen, nein, nicht ins Kloster, ihr wisst ja nicht, was ihr mir antut, keine Ahnung habt ihr davon, zweimal krank in fünf Wochen und zweimal der Fuß und zweimal getrunken, ich sterbe jetzt, ehrlich, das ist nicht zum Lachen, oder doch ja, es ist doch zum Lachen, ihr habt recht, eigentlich ist es zum Lachen, nicht, lacht ruhig, ich lache ja auch, aber ja,

denn eigenartig ist es ja wohl, ich sehe, wir verstehen uns doch noch, nur, lasst mich in Ruhe, bitte sagt nichts im Kloster, sagt keinem Menschen etwas, ich bitte euch.
Etwas verbergen, verstecken, was denn schon, alles, und nicht reden darüber, worüber denn nicht, über die Wege, die jeder so hin und wieder allein geht, wenn das aufkommt, ich bitte dich, sag nichts, und es kam ja doch alles auf.

Wolkensteinweg. Sturz aus großer Höhe. Ein Mann.

Nicht, dass er in ihren Augen etwas Besseres verdient hätte, so weit gingen sie nicht, aber er hatte ganz einfach besser verdient, und das zählte, und trotzdem war er da und, sah man von seinem Eifer bei Unfällen ab, fügte sich doch gut ein.
Ein Techniker, ausgebildet und also mit Geld, warum verzichtete der auf eine Existenz, in die sich so viele von ihnen hineingewünscht hätten. Ein Beruf, der es einem ermöglicht, selbst sitzen zu können und andere für sich gehen zu lassen, warum gibt man das auf, nur um wieder anderen, die man nicht kennt und mit denen einen gar nichts verbindet, den Lakaien zu machen, und das um die Hälfte des Geldes, das man sich hätte ersitzen können, ohne tagtäglich zerschundene Körper und also Gewichte aus irgendwelchen Betten heraus in einem Stuhl oder auf einer Bahre weiß Gott wie viele Stockwerke hinauf oder herab zu tragen, freiwillig wäre das noch denkbar gewesen, aber beruflich, um einen Kummerlohn, noch dazu, wenn man es nicht nötig hatte, um diesen Bettel täglich den Bückling zu machen, das war doch eigenartig und kam sonst nicht vor.
Wenn einer starb, hieß es, der hat Anstand gehabt. Und Anstand hatte auch jeder, der Trinkgeld gab und also

Maut zahlte, von der sie abhängiger waren als von jedem Lob.
Aber doch, mit den Monaten, mit denen sie sich an ihn gewöhnten, hatte die Eigenartigkeit seiner Herkunft aus einem früheren Technikerleben abgenommen und kam nur noch zur Sprache, wenn ein Neuer eingestellt wurde, dem es die künftigen Kollegen vertraut zu machen galt.

Um acht öffnen die Ambulanzen. Das hieß, man verließ die Station.
Montag, Mittwoch, Freitag, Dialyse. Dienstag, Mittwoch, Samstag, Therapie. Die Liste war lang und, abgesehen von der gemeinsamen Diagnose, gar nicht einfallslos, was die Einzelheiten ihrer Geschichten betraf. Montag, Mittwoch, Freitag. jede Woche dreimal, so wurden sie miteinander vertraut. Und wie untereinander gab es auch mit den Kranken keinen Kontakt. *Keine Verbrüderung mit dem anderen Lager.*
Es sind unsere Kunden, wir leben von ihnen, das heißt nicht, wir müssen mit ihnen leben.
Und hatte tatsächlich einer privat mit einem Kranken zu tun und es kam auf, sah er sich plötzlich, in jedem Fall unverhofft, dass ihm keine Ausrede kommt, dem Rettungsgericht ausgesetzt: Was willst du von der Kramer, du weißt, die ist bald soweit.
Der private Kontakt mit einem Kranken war ihnen eine Art Unheil, das über sie kommen würde und über sie kam, jedes Mal, wenn sich einer nicht daran hielt. Nur wenige hielten sich nicht an die Regel, unser Weyrath ist einer von denen. Das kostet dich noch einmal den Kopf.
Das stimmte, immer wieder hatte er mit Patienten Kontakt, sie waren auch nicht seine Kunden und ihre

Geschichten zu wichtig, um wegen eines vorgeschobenen Aberglaubens darauf zu verzichten.
Weyrath, der Kobat ist tot. Du warst doch mit ihm in Kontakt. Weißt du da mehr?
Antos, Konstantin. Auftragsnummer 7531. Grieche, Wachzimmer West, nach Landesnervenkrankenhaus Hall. »Psychotische Unruhe, von einem Fuß auf den anderen tretend (Morbus Parkinson?), am Bozner Platz aufgefunden. Zustand verwahnt. Wohnhaft Altersheim Telfs, dort den dritten Tag abgängig, habe das Heim ›mit Sack und Pack‹ verlassen. Pat. lehnt Rückstellung ins Heim kategorisch ab. Gibt an, seine Familie in Griechenland besuchen zu wollen (82 Jahre!). Abklärung erbeten.«
Hall, Landesnervenkrankenhaus: Bringen Sie Herrn Antos doch bitte nach Zimmer zehn.
Zimmer zehn?
Zimmer zehn. Griechenland.

Das Landesnervenkrankenhaus Hall ist groß und hat Platz für sehr viele, und viele fahren auch hin oder werden dorthin gefahren. Und leicht kommt man hin, eine Auffälligkeit, öffentlich, genügt. Von einem Fuß auf den anderen tretend, psychotische Unruhe, Zustand verwahnt: Hall, Zimmer zehn. Eine Frau, Frauen mit Kleinkindern, Frauen mit kleinen Kindern, besonders auf Brücken, was machen Sie da? Ich weiß nicht: Hall, Zimmer zehn.
Hall hat viele Zimmer und noch mehr Besucher, vor Hall haben sie Angst und wollen nicht hin, reißen aus, immer wieder. Einige verschwanden ihm wie unter der Hand, wie den anderen auch, das kam vor.

Ich bin irr, eine Irre, verstehst du, wahnsinnig, ja? Ich mache nicht mehr mit, verstehst du, egal, ich bestehe darauf, wahnsinnig, irre, verrückt. Der Vater, schau ihn

dir an, wie der sich schämt, armer Vati, ganz armer Vati, schämst du dich. Ob du dich schämst. Ich mache nicht mehr mit, ohne mich, sage ich dir, jetzt ist Schluss damit, aus, ohne mich.
So ein guter Vati ist mein armer Vati, schau ihn dir an. Willst du mich haben. Willst du mich haben. Greif her, schöne Schenkel, straffe Schenkel, weiches Fleisch, schau, das gefällt dir doch. Gehört alles dem Vati, weißt du. Darf er mich haben, Herr Vater. Sonst darf nur der Vater, verstehst du, da müssen wir ihn schon fragen. Was würden denn da die Gäste sagen in seinem Hotel, wenn da jeder kommt und einfach will, da müssen wir ihn schon fragen.
Vati, jetzt geht es mit uns in die Anstalt, Irrenhaus, ab mit dem Mädel, auf und davon, die Sau. Vielleicht kommt sie ja auch nicht mehr heraus, dass ein Friede ist, dass endlich Ruhe ist mit dem Ding. Dann braucht die Mutti mit dem Vati nicht mehr böse sein. Irrenhaus, ab, die Gans. Drecksau. Tochter blöd, eine Irre, schau, Vati, jetzt kommen wir an.
Was steht da: Landesnervenkrankenhaus Hall. Daneben bin ich zur Schule gegangen. Siehst du, die Gitter. Dort haben wir in den Pausen die Irren gefüttert, gelacht haben wir, siehst du die Irren. Alles Wahnsinnige. Vati, schau hin, schau dir das an. Kommst du mich auch besuchen?
Die Jausenbrote haben wir ihnen durchs Gitter gesteckt oder über den Zaun nachgeworfen, wenn einer nichts wollte. Siehst du, wie die dort schauen. Das ist ja immer noch so. Das da, schau dir das Kind an, wie es hereingafft.
Hänsel und Gretel verliefen sich im Wald.
Hier haben wir Hänsel und Gretel gespielt. Wir steckten ihnen das Brot durch den Zaun. Wenn du fett genug bist, wirst du gegessen, streck den Finger durchs Gitter,

zeig schön, wie fett du schon bist. Hänsel und Gretel. Der Vater bringt mich in den Wald.
Das Irrenhaus war unser Zoo. Das Füttern der Tiere war untersagt. Und doch haben wir täglich gefüttert. Die haben schon gewartet auf uns, dass es etwas für sie gab, das nicht nach Anstalt schmeckte. Bitte sagen haben sie auch gelernt, mit der Zeit. Und wirst du auch brav sein? Ja, brav, ich war brav. Bitte, bitte, danke. Grüß Gott. Wir sind da. Der Herr Doktor, das ist der Herr Doktor. Vati, schau, der Herr Doktor. Frag ihn was, Vati, sag ihm, dass du dich schämst. Schämst du dich? Sag.
Wie ist denn das, sagt der, verzeihen Sie mir, dass ich frage, verstehen Sie mich richtig, wo sind wir denn hier, ich meine genau, verstehen Sie, welche Abteilung. Was kann ich denn sagen, wenn man gefragt wird, wie es ihr geht und wo sie denn überhaupt ist jetzt. Ich meine, geschlossen, ist das die geschlossene Abteilung?
Irrenhaus, Vati. Grüß Gott.
Verstehen Sie mich richtig, ich meine ja nur, was man da sagen kann, nicht.

Hall ist sehr groß und davor hat man Angst.
Einige wollen hin, Obdachlose im Winter, die Spritzen machen den Winter warm, weißt du, zwei Monate, drei, für ein Bett macht man freundliche Zähne, für ein Bett wird man irre auf Zeit, für ein Bett schluckt man dort täglich die Sonne, zwei Monate, drei, je nach Krankheit, das heißt, je nach der Kälte des Winters, und zwei, drei Monate trocken, kein Suff, auf Entzug, auf Entwöhnung, wovon immer, von der Kälte, von den anderen, von denen man ohne ein Dach überm Kopf nicht mehr loskommt, verstehst du.
Wo wohnen Sie?
Unter den Lauben ist es immer grün. Auf den Bänken.

Versammlungsverbot in der Altstadt, Versammlungsverbot überall, man verschmutzt sonst die Fotos der Gäste. Unter den Lauben ist das Dach immer grün. Nur im Winter nicht. In der Kälte.
Da bleibt nur der Weg in die Wärme der Spritzen, in den Sommer von Hall, einige melden sich selbst, nehmt mich mit, einige laufen davon, nicht mit mir, nicht noch einmal, ihr seid doch die Pest.

20 Uhr. Einer, angezogen als Koch, weißes Hemd. Ein Schild auf der Brust, eine Nummer: *Bitte rufen Sie 8353. Station V.*

Sie verschwinden dir unter den Augen, immer wieder. Und wer ist schuld, Verantwortung, Weyrath, wofür, wenn man einen findet, wie damals, weißt du noch, zehn Stunden später, sechs Uhr früh, Westbahnhof, Einsatz: ein Mann, angeeist, am Gleis angefroren, eine Verschublok hat ihn gefunden.
Überprüfung des Namens, Transportnummer, ja, der ging ab, der machte sich gestern davon, Weyrath, zum Dienstführer kommen, Weyrath, die Bänder abhören.
Was war:
Wagen fünf, 20.09 Uhr, der Patient ist verschwunden.
Dürfen wir suchen?
Ja. Müsst ihr.
20.36 Uhr, Wagen fünf, wir finden ihn nicht. Keine Spur. Und in der Nacht suchst du ihn, noch im Traum, es ist Jänner und in der Nacht keine Sonne, du weißt, was immer wieder passiert, du weißt, wie es ausgehen kann, und daher suchst du, im Bett, in deinem Kopf, wenn du schläfst, und stehst auf, dann der Weg in die Rettung und dann, sechs Uhr früh, über Funk: Einsatz, Westbahnhof. Ein Mann, auf Gleis sieben.

Angeeist, während du ihn gesucht hast im Traum, doch in einem Traum stirbt man nicht und im Traum findest du keinen, der weglief, es hilft nichts.
Die Polizei ist schon da und du brauchst einen Zeugen. Und ja doch, wir haben gesucht, er stieg aus und wollte aufs Klo und wir haben gewartet, er war weg und wir haben gesucht, überall, und nicht nur wir, auch die anderen Wagen, doch der hat sich verkrochen vor uns, vor was immer.
Das kommt vor, doch du brauchst einen Zeugen, das kommt vor, immer wieder, wir kennen ja unsere Kunden, und was kann man auch machen, wenn einer nicht will.

Was machen, wenn einer nicht will, nicht mehr will, wenn du im O-Dorf stehst, auf Empfang, nicht für ihn, sondern nur für Nachricht, dass du jetzt hinfahren kannst.
Wer hat Schuld, Weyrath, dass man wieder einen nicht fand. Du bringst sie hin, Innsbruck Hall, Zimmer zehn, und bringst sie wieder zurück, von Hall zurück und in eine Fassade hinein. Und dann nichts, du vergisst sie. Und findest sie wieder, im O-Dorf, im Inn, in einem See, angeschwemmt, irgendwo, ja, den kenne ich, der ist uns bekannt. Unbekannt, heißt es am Funk, unbekannte Person im Inn.
Wer springt, wer ist gesprungen: Einsatz Innbrücke, unbekannte Person.
Feuerwehr. Rettung. Passanten.
Schneeschmelze. März, April, Mai, so steigt jetzt das Wasser. Jetzt wird wieder gebadet, heißt es, jetzt kommen sie wieder zum Baden, Karwendelbrücke, Universitätsbrücke, angeschwemmt oder noch schwimmend, Freiburger Brücke, Mühlauer Brücke, am nächsten Tag sagt die Zeitung, ein Mann, eine Frau, die Jacke über

den Kopf gezogen, angeschwemmt, mit einer Wunde im Mund im Inn aufgefunden.
Hochwasser, Holzwasser. Leichen, das Treibholz der Rettung, ab April ist der Fluss tief genug, es wird wieder gebadet, Innbrücke, Sillbrücke, Weiherburgsteg.
Wir sind Menschenfischer, sagt Khal.
Das Angeln von Körpern. Beatmung.
Wo springen sie noch, außerhalb von der Stadt, westlich der Stadt. Die außerhalb springen und durch die Stadt geschwemmt werden, sind die echten Schwimmer, sagt Khal.
Weil die nicht mehr beim Schwimmen gestört werden können.
Die öffentlich springen, vor Publikum, brauchen Applaus bis zum Schluss, die Kunstspringer, blau, aufgedunsen und weiß. Aufgekratzt, abgeschürft von den Steinen, angeschwemmt oder schwimmend, unbekannt und bekannt.
Die Feuerwehr holt sie an Land. Polizei. Du beatmest, bis da wieder was wird.
Und dann Protokoll.
Jetzt sind sie bekannt, man wird sich noch einmal erinnern.
Wo kommen sie hin, in die Wärme der Spritzen. Du hast sie gerettet, ein Retter bist du, was hast du getan. Sie suchen dich auf, immer wieder, angeschwemmt oder noch schwimmend, im Traum, und beschuldigen dich, für sie bist du schuldig, was hast du getan, über Brücken gehen viele Personen, wohin rettest du sie und wovor.

Sie müssen nicht weinen, Frau Greder. Jetzt geht es doch wieder nach Hause. Höhenstraße, Pension Aussicht, eine schöne Adresse.
Schöne Aussichten. Ja.

Ich weiß noch, vor drei Wochen habe ich Sie in die Klinik gebracht. Ich glaube, wir mussten Ihnen sehr weh tun. Haben Sie etwas gespürt?
Ich weiß nicht.
Ich habe Ihnen eine Rippe gebrochen. Ihr Korsett, sehen Sie. Das war ich.
Sie müssen sich nicht entschuldigen, zumindest nicht dafür. Sie tun ja nur Ihre Pflicht.
Es ist ja auch alles gut gegangen. So eine Wiederbelebung ist eine grausige Sache.
Ja. Das ist richtig.
Weinen Sie über den Regen? Dann weine ich mit. Das nächste Mal, wenn ich Sie fahre, scheint wieder die Sonne. Das verspreche ich Ihnen. Alle anderen freuen sich auf dem Heimweg. Frau Greder?
Sie müssen mir versprechen, dass *Sie* mich ins Bett bringen. Ja? Versprechen Sie mir?
Das verspreche ich Ihnen. Hoch und heilig.
Und Sie lassen niemanden an mich heran.
Keinen Menschen. Ich verteidige Sie gegen alle. Warum eigentlich?
Aber nicht nur versprechen. Auch halten. Ich bin nämlich schwer.
Frau Greder. Zweiundvierzig Kilo, steht da. Ich trage Sie wie eine Braut in Ihr Gemach.
In meinem Bett habe ich geheiratet. In diesem Bett sterbe ich.
Aber erst, wenn der Regen aufgehört hat. Ja?
Versprochen.
Ihr Sohn hat uns damals geholt. Im letzten Moment.
Der Hermann hat einen harten Griff, müssen Sie wissen. Und der ist stärker als Sie. Er wird Sie nicht lassen. Aber ins Bett tragen *Sie* mich. Versprechen Sie das?
Kommen Sie nur herein, meine Herren, setzen Sie sich. Ich habe Ihnen etwas zum Trinken gemacht. Und kein

Alkohol, dass Sie nicht wieder nein sagen können. Mein Mann kümmert sich inzwischen um die Mutter. Wir sind Ihnen schon dankbar, dass Sie sie uns wieder gebracht haben. Und wie gut sie aussieht. Was drei Wochen alles ausmachen können. Hermann, kommst du jetzt. Die Herren von der Rettung sind da. Setzen Sie sich doch.
Nein, Frau Greder, das machen schon wir.
Aber Sie wissen ja gar nicht, wohin. Und das ewige Tragen. Das kommt nicht in Frage. Hermann.
Frau Greder, das ist doch unsere Aufgabe. Sie dürfen uns nicht arbeitslos machen, wissen Sie. Zuerst machen wir unsere Arbeit und dann trinken wir etwas. Ja?
Der Hermann ist schon bei ihr, der macht das schon, sehen Sie?
Herr Greder, ich muss darauf bestehen, Ihre Mutter selbst ins Bett zu bringen. Legen Sie sie wieder auf die Trage. Sie wissen ja gar nicht, worauf Sie aufpassen müssen. Legen Sie sie wieder hin.
Ihren Arbeitseifer in Ehren, meine Herren, aber immerhin ist sie doch *meine* Mutter. Und wer, glauben Sie, trägt sie jeden Tag, seit Jahren, und wenn Sie nicht da sind, wer, glauben Sie, dreht sie um, wenn ihr danach ist oder wenn ihr was kommt? Ich mache das. Danke.
Der Saft, den Sie da haben, ist sehr gut. Was ist das, Pfirsich?
Ja, Pfirsich. Das wäre jetzt aber kein Kompliment gewesen, wenn Sie das nicht geschmeckt hätten.
Ausgezeichnet. Ich sehe, wir müssen öfter kommen.
Der Hermann kommt gleich, dann trinken wir einen gemeinsam. Wir haben so verwinkelte Treppen, sehen Sie. Und wenn wieder etwas sein sollte mit ihr, seien Sie halt wieder so gut. Was hast du denn, Hermann? Ist etwas mit ihr?

Ich weiß nicht. Ich glaube, es ist wieder was. Kann das sein? So wie damals, wissen Sie. Sie zittert so. Und dann ist sie so blau. Könnten Sie kommen?
Mein Gott, Weyrath, das Funkgerät, rasch. Die hat einen Stillstand, ruf den Notarzt. Wie konnte denn das passieren. Was haben Sie mit ihr gemacht?
Ja, was weiß ich denn, *Sie* sind die Rettung. Ich habe sie von *Ihrer* Bahre heruntergeholt und in ihr Zimmer gebracht, das sehen Sie doch.
Ein Stillstand, sagt Berg, du presst, ich beatme. Bis der Notarzt kommt.
Das kennen wir ja schon. Aber dass die sie uns so heimbringen!
Eins, zwei, drei, vier, fünf: Luft. Eins, zwei, drei, vier, fünf: Luft. Eins, zwei, drei, vier, fünf: Luft. Die kommt nicht mehr, du. Eins, zwei, drei, vier, fünf: Luft.
Der Notarzt kommt nicht. Ist belegt.
Vier, fünf: Luft.
Dass die sie uns so bringen, verstehst du das, Ria.
Luft. Der Notarzt findet nicht her, laufen Sie vor das Haus und weisen Sie ihn ein, wenn er kommt, drei, vier, fünf: Luft. Verdammt, was hat sie dir da gesagt, beim Herauffahren, vier, fünf: Luft.
Was weiß ich, der hat einen harten Griff, hat sie gesagt, das war alles.
Vier, fünf: Luft. Was hast du ihr denn versprochen, ich habe dauernd etwas von einem Versprechen gehört.
Was weiß ich, dass *ich* sie in das Bett trage, verdammt.
Vier, fünf: Luft. Der Notarzt ist da.
Jetzt kommen Sie endlich. Aber warum bringt man uns denn unsere Mutter so heim, sagen Sie?
Vier, fünf: Luft. Ein Stillstand.
Leitungen legen.
Vier, fünf: Luft.
Rechts und links, Leitungen in beide Arme. Die Spritze.

Vier, fünf: Luft.
EKG, das EKG?
Gar nichts, da ist gar nichts.
Noch eine Spritze.
Vier, fünf: Luft.
Habt ihr sie so gefunden?
Nein, wir haben sie hergebracht.
Vier, fünf: Luft.
So?
Du Idiot. Es ist hier erst passiert. Im Bett.
Vier, fünf: Luft.
Das wird nichts mehr. Strom, jetzt, gib ihr den Strom: jetzt.
Aufhören mit dem Beatmen. EKG?
Schwach, unregelmäßig, aber da.
Noch eine Spritze.
Noch eine?
Noch eine. EKG?
Schwach. Jetzt wieder nichts mehr.
Beatmen. Weiter reanimieren.
Drei, vier, fünf: Luft.
Dass die uns die Mutter so bringen. Noch einmal wird das nicht so gut ausgehen wie das letzte Mal, das spüre ich, Hermann.
Bitte gehen Sie hinaus, beide. Wir holen Sie dann, wenn es soweit ist.
Vier, fünf: Luft.
Aufhören mit dem Beatmen. EKG?
Nichts. Gar nichts.
Die wird nicht mehr, Weyrath. Lass es jetzt. Du kannst es jetzt lassen, sage ich.
Gib ihr noch eine Spritze. Versuch's noch einmal.
Wer ist hier der Arzt, du oder ich?
Mensch, einmal noch. Es ist doch jetzt schon egal. Gib ihr noch eine Chance.

Die hat keine mehr, siehst du das nicht. Die hat ihre Chance gehabt. EKG?
Nichts.
Und der Regen, ein Sauwetter. Wir haben kaum hergefunden. Der sechste Einsatz heute. Bei diesem Wetter stirbt uns die halbe Stadt. Und alle gleichzeitig, als ob sie sich abgesprochen hätten.
Weyrath, da hilft nichts mehr, lass das jetzt. Lass sie in Ruhe, die hat sie sich verdient. Sehen wir uns nach Dienst auf ein Bier?

Ich verteidige Sie gegen alle, dachte er sich auf dem Weg in die Station, keinen Menschen lasse ich an Sie heran. Ich trage Sie in Ihr Bett wie eine Braut, das verspreche ich, hoch und heilig.

17. März
Was man tut, wenn man etwas verspricht. Man verspricht sich. Weil man nicht weiß, was man sagt.
Diese Frau Greder, durch die jetzt so vieles aufbricht, und nichts hat sich geändert. Es ist wie damals, als Kind. Nur, dass *ich* seither der Versprechende bin.
Das *goldene Nichts* meines Vaters, damit fing es an.
Nach dem Urlaub am See war das Kind wieder unruhig, in dem Zug, der nicht und nicht heimkommen wollte.
Zu Hause schenke ich dir ein goldenes Nichts, sagte er, wenn du nur ruhig bist.
Zur Belustigung meines Vaters habe ich mir dieses Nichts als ein Tier vorgestellt, das sich bewegt, und mit einem goldenen Schweif, wie er es mir beschrieb.
Es kann laufen, es lebt und es tut, was immer du willst, dass es tut, sagte er, und es wartet auf dich, schon lange, daheim.
Es wird auch bestimmt da sein, es wird da sein?
Wenn ich es dir sage.

Die Einlösbarkeit jedes Versprechens ist damals gestorben.
Du hast es versprochen. Wo ist es.
Die Mutter, die mich abzulenken versucht, und das Lachen vom Vater, das jetzt nicht mehr lacht, wenn du nicht aufhörst jetzt mit dem Gefrage, ein Nichts ist ein Nichts, dass du das nicht verstehst.
Ich habe verstanden. Seit damals ist jedes Versprechen mein Nichts, mit einem goldenen Schweif: Frau Greder, ich trage Sie in Ihr Gemach.

18. März
Oder wie damals am Friedhof, beim Begräbnis der Großmutter. Derselbe Regen wie jetzt bei der Greder, dasselbe Versagen.
Wie wir dastanden im Regen, eiskalt, alle unter den Schirmen, ich mit Gerda, der Vater gegenüber mit der Mutter. Zwischen uns, an der Grube, der Pfarrer, auf den es geschüttet hat, der Einzige ohne Schirm. Und der trotzdem nicht schneller gemacht hat. In seiner Seelenruhe, die ausgebreiteten Arme, die Glatze, eigentlich lächerlich alles.
Bis dann der Vater von der Mutter weggeht und auf ihn zugeht und ihm den Schirm über den Kopf hält und selbst dabei im Regen bleibt und nicht mehr von ihm weggeht, während der seine Predigt hält über das Leben der Toten und nicht aufhört damit und die Mutter allein dasteht und ihr die Haare herunterhängen vom Wasser und sie sich nicht zu helfen weiß, und keiner, der hingeht und sie unter den Schirm nimmt.
Dasselbe Versagen und das Gefühl, das ich immer noch habe beim Gedanken daran, und die Wut auf den Vater, von dem ich wusste, dass er den Pfarrer nicht ausstehen konnte, und dieser Hass auf mich selbst, neben mir

Gerda, ich konnte nicht hin. Die Mutter steht da und jeder tut, als habe er nichts gemerkt.
Seit damals glaube ich nicht mehr daran, jemals noch für jemanden einstehen zu können oder für jemanden da zu sein überhaupt.

INNSBRUCK. Ein schwerer Verkehrsunfall, der bisher zwei Menschen das Leben kostete, ereignete sich in der Nacht auf Dienstag im Bereich Autobahn-Abfahrt Ost. Eine junge Frau, die mit lebensgefährlichen Verletzungen in das Landeskrankenhaus eingeliefert wurde, schwebt in Lebensgefahr.
Über den Unfallhergang lassen sich zur Stunde lediglich Vermutungen anstellen. Laut einer Information der Innsbrucker Verkehrspolizei dürfte der Wagen des 53-jährigen Manfred K. aus noch ungeklärter Ursache unmittelbar vor der Ausfahrt Ost ins Schleudern gekommen sein.
Wie eine erste Rekonstruktion des vermutlichen Unfallhergangs ergab, dürfte sich der Wagen mehrmals überschlagen haben, noch ehe er die Leitplanken durchstieß und an der Böschung auf dem Dach liegend zum Stillstand kam.
Manfred K. und seine im Fond sitzende Gattin Ida (beide Innsbruck) waren auf der Stelle tot.
Lediglich ihre 24-jährige Tochter dürfte mit dem Leben davongekommen sein, nachdem es der Feuerwehr gelungen war, die junge Frau mit einer Bergeschere aus dem total zertrümmerten Auto zu schneiden.
Laut Postenkommandant Erwin H. ist die Beteiligung eines zweiten Fahrzeuges an dem Unfall mehr als wahrscheinlich. Eine daher noch am Unfallort eingeleitete Fahndung nach dem vermutlich flüchtigen Lenker des zweiten Wagens hatte bisher allerdings keinen Erfolg.

Ein in unmittelbarer Nähe des Unfallgeschehens in verwirrtem Zustand aufgefundener Mann (Name der Redaktion bekannt) musste nach längerem Verhör wieder auf freien Fuß gesetzt werden.
Die Polizei ersucht um zweckdienliche Hinweise, die auf Wunsch vertraulich behandelt werden.

Das Leben, Herr Weyrath, spielt sich als Vergangenheit ab.

INNSBRUCK. Immer noch völlig im Dunkeln tappt die Polizei bei ihrer Suche nach dem flüchtigen Lenker, der, wie nach den Erhebungen der Innsbrucker Verkehrspolizei nunmehr als erwiesen angenommen werden kann, in verursachender Weise an dem Unfall beteiligt war, der sich in der Nacht vom 17. auf den 18. August (wir berichteten) im Bereich der Autobahn-Ausfahrt Ost ereignete und bei dem zwei Menschen ums Leben kamen. Das wahre Ausmaß an Rücksichtslosigkeit und Brutalität, das der unbekannte Fahrer dabei an den Tag gelegt haben dürfte, wurde den Experten erst im Zuge der Rekonstruktion des Unfallgeschehens aus dem Bremsspurenvergleich ablesbar.
Es gilt dabei als geklärt, dass der Wagen von Manfred K. von der Fahrbahn abgedrängt wurde.
Aufgrund der an K.s Wagen gefundenen Lackspuren, die mit großer Wahrscheinlichkeit vom Unfall herrühren, und aufgrund des Bremsspurprofils darf angenommen werden, dass es sich bei dem gesuchten Fahrzeug um einen grau métalliséfarbenen Wagen der Mittelklasse handelt.
Unverändert kritisch ist der Zustand der 24-jährigen Anna K., die zwar mit dem Leben davonkam, seither allerdings aus dem Koma noch nicht wieder erwacht ist,

in das sie, verursacht durch das schwere Schädel-Hirn-Trauma, noch am Unfallort gefallen ist.
Zusätzliche Tragik erhält der Unglücksfall durch den Umstand, dass die junge Frau bei dem Unfall mit ihren Eltern die einzigen Angehörigen verloren hat.
Aus diesem Grunde hat die Tiroler Zeitung ein Spendenkonto eingerichtet, das es unseren Lesern ermöglichen soll, ihre Verbundenheit mit Anna K. zum Ausdruck zu bringen.
Zuwendungen richten Sie bitte an das Postscheckkonto K-25743114.

Ein Gemeinplatz, eigentlich, finden Sie nicht, und doch stirbt man daran.
Wir alle sind sterblich, heißt es. Großartig, nicht, diese Erkenntnis.
Aber was ändert sich an dieser Blödheit, bloß, weil einer dir sagt, auch Sie sind sterblich. Sie sterben, hat er gesagt.
Ja, wann denn bloß, frage ich.
Jetzt.

Koma, was ist denn das, Weyrath, was heißt das. Daliegen, tot. So wie tot. Aber eben lebendig. Schlafen auch, ja, aber ohne zu schlafen. Für die anderen tot. Und die anderen tot, für den, der im Koma liegt. Was heißt das denn, Koma, was ist das. Bloß daliegen, wie lange denn daliegen, wie lange tot daliegen?
Schau nach, Weyrath, lies es dir vor, was da steht: *Koma, Bewusstlosigkeit, ein bei verschiedenen Krankheiten vorkommender Zustand tiefster, durch äußere Reize nicht zu unterbrechender Bewusstseinsstörung.*
Was heißt das, nicht unterbrechbarer, nicht mehr erreichbarer Zustand. Techniker Weyrath, wie macht man ein Koma lebendig.

Dem Koma liegt eine Schädigung des Hirnstammes zugrunde.
Exogene Ursache: Weyrath.
Weyrathsches Koma. Daliegen, Weyrath, mit einer durch äußere Reize nicht zu unterbrechenden *Störung,* Techniker Weyrath, was ist das, *Bewusstsein* und *Störung,* und wie behebst du sie denn.
Der Kornealreflex ist als Einziger stets erhalten, liest du da in dem Buch. Wenn du ihr mit den Fingern in die Augen fährst und dort kratzt, spürt sie dich, heißt das.
Was steht da noch: *Atmung laut, oder gar nicht, Gesicht (meist) rot, Blutdruck (meist) erhöht, Puls nicht beschleunigt, zuweilen verlangsamt, gespannt.*
Koma, Bewusstlosigkeit. Stadium I: Daliegen, irgendwie weg. Stadium II: Grobe Störung. Koma, Stadium III: Bewusstlosigkeit, tiefe. Ununterbrechbare Störung.
Weyrath. Hörst du mich. Ich liege in der Erde. Hörst du mich. Kurt, hör mich an.
Ich habe dich gesucht. Und gefunden. Ich liege hier in der Erde von meinem Bett. Kannst du mich hören. Ich komme zu dir. Jede Nacht. Jeden Tag. Immer. Von jetzt an. Ich habe dich gefunden.
Du hast ein Bewusstsein, du bist noch nicht tot, so wie ich. Und so leihst du mir jetzt deinen Kopf. Ich krieche in dich hinein, in deine Gedanken hinein. Ich grüße dich dort in deinem Kopf. Weyrath, was hast du getan.
Ich sage jetzt *Kurt,* ich sage jetzt *ich.*
Wir denken von nun an gemeinsam, zu zweit denkt es sich gar nicht so schlecht, du wirst sehen.
Was wirst du jetzt machen. Was wirst du jetzt machen. Such mich, Kurt, such, vielleicht findest du mich in deinem Kopf. Du findest mich in deinem Kopf. Ein Bewusstsein sucht seine Störung.
Du findest mich, wenn du mich suchst. Wo immer ich bin, wirst du mich finden. Wenn du nicht suchst, Kurt,

dann suche ich dich. Ich spüre dich auf und finde dich, immer, wie jetzt.
Was wirst du jetzt machen, Kurt Techniker, Mörder, was ist jetzt zu tun. Hier liege ich, wegen dir, und warte darauf, dass du kommst und mich wachküsst, das tust du doch, Kurt, du kommst mich besuchen, und bald, denn gemeinsam können wir denken, gemeinsam kann ich vielleicht wieder gehen, zu zweit wird einer von uns wieder lebendig.

Nein, eine Frau Zenner haben wir heute Nacht sicher nicht transportiert. Doch, Ihnen als Angehörigen würde ich es sagen. Auch keine unbekannte Person, nein. Wie lange vermissen Sie Ihre Frau denn schon? Diese Nacht. Während ich mit Ihnen rede, lese ich im Computer alle heutigen Einsätze ab. Keine Frau Zenner, keine unbekannte Person.
Weyrath, ich glaube, da will uns wieder eine verlassen. Für dich heißt das, einmal Hall und zurück. Aber zuerst heißt es suchen.
Da habe ich sie, siehst du:

Zenner, Adele *11.08.1941*
Melzergasse 3

Tag des Transportes: 08.06.1988
Transportweg: Pembaurbrücke, Krankenhaus Hall
Diagnose: Suizidversuch, Paranoia.

Ihr Mann hat also doch recht. Kurt, fährst du hin. Pembaurbrücke. Da findest du sie. Ich bin sicher. Die sind immer so einfallslos in ihrer Panik. Für diese Frau Zenner existiert nur noch eine einzige Brücke auf dieser Welt.
Wie weit zurück sind in diesem Ding die Namen gespeichert?

Ich bin allwissend, Kurt. Ich weiß alles. Du hast wieder eine gerettet, stimmt's? Also. Wer soll sich denn bei dir bedanken, sag.
So ist das nicht, nein.
Wen soll ich suchen.
Egal doch. Sagen wir Anna. Anna K. Wie viele gibt es davon?
Wohnhaft?
Innsbruck.
Wann willst du sie denn gerettet haben. Eingabedatum?
Irgendwann. Voriges Jahr.
Voriges Jahr, lass sehen. 1989. Sag, warst du da schon bei der Rettung?
Ich glaube nicht, nein.
K., siehst du, ich habe eine Anna K.

Kainz, Anna *03.10.1965*
Botanikerstraße 8
Tag des Transportes: 17.08.1989

Stimmt. Die hast also sicherlich nicht du gerettet.
Ich sage dir ja. Wer hat das getan?
Siehst du hier: *Gebhart.* Interner Vermerk: *B.* Belobigung. Für gute Arbeit.
Diagnose: Verkehrsunfall, Verdacht auf apallisches Syndrom.

Kurt,
Du bist ausgezogen. Gut. Deine *Technik* zerstört dich wieder einmal. Auch gut. Nur eines ist dabei nicht gut und du sollst wissen, dass ich das weiß:
Dein Rückzug von mir ist ein Vorwand. Du hast Angst vor mir, plötzlich, und die musst du nicht haben, nie, und das weißt du.
Ich helfe dir, Kurt, ich möchte dir helfen.

Du machst mir was vor. Und wie ich dich kenne, machst du dir wieder einmal selbst etwas vor. *Rettung,* wenn ich nur daran denke. So wirst du den Frieden, dem du in allem doch immer nur hinterhergehinkt hast, sicher nicht finden. Ein gutes Gewissen vielleicht, doch wofür, Kurt. Ist das der Grund?
Weshalb sagst du mir nicht, was du denkst.
Von einem Tag auf den anderen ziehst du dich ganz einfach zurück, einfach so. Um mich zu *schützen,* wie du sagst. Vor wem schützen, Kurt, vor wem willst du mich schützen, sag mir das. Vor welcher Lüge, mit welcher Ausrede, an die du selber nicht glaubst. Vor wem schützt du mich, doch nicht vor dir?
Irgendwer hat dich von mir weggebracht, irgendwas, das spüre ich schon lange. Ich komm schon noch drauf, Kurt, so einfach zerstörst du uns nicht.
Obwohl. Wenn du es willst, los bist du mich jetzt schon. Hiermit.
Lächerlich, wie du das angehst. Ausziehen, wie im Film. Und ins Hotel. Dass es keine Komplizen gibt, nicht? Hotel Stoi, lächerlich.
Professor Günther hat angerufen. Die Studie zum Staustufenprojekt sei jetzt fällig. Kommt ohne dich nicht zurecht. Deine Kündigung nimmt er nicht an. Hat etwas von Krankheit geredet, Idiotie oder so. Und das wird dir schon noch vergehen, meint er. Und so lange, meint er, soll ich dich *stützen.*
Wenn er wüsste.
Kurt,
-Gerda.

Syndrom, apallisches. Erklär dir jetzt, was das heißt. Lies, was das Buch sagt, erklär es mir, sag es mir, Kurt: *Syndrom, apallisches. Dezerebrationssyndrom (Enthirnung).*

Kurt, du hast mich *enthirnt*. Was heißt das, Enthirnung, weißt du das, Kurt. Lies es mir vor: *Enthirnungssyndrom. Funktionsausfall der Großhirnrinde infolge Anoxie des Gehirns, z. B. nach Schädel-Hirn-Trauma.*
Schädel. Hirn. Trauma. Kurt, das hast du schon einmal gehört. Koma, hat einer geschrieben. Weißt du noch. *Symptome: Schwere Bewusstseinsstörungen, z. B. als Koma.*
Als Koma, hörst du.
Schlafähnlicher Zustand (Parasomnia), aber eben schlaflos, weißt du. Schlafen, nur eben hellwach, und doch nicht aufwachen können dabei, nie mehr aufwachen können dabei, scheint es dir.
Hol mich heraus hier, du suchst mich doch, Kurt? Du stehst doch zu mir, wenn schon nicht zu dir selbst, das tust du doch, sag, dass du es tust. Sag mir, ich komme dich besuchen, sag mir, ich hole dich da wieder heraus, sag mir das, Kurt. Ich kann hier nicht bleiben. Nicht so.
Lies weiter: *Der Patient ist wach, es erfolgen jedoch keine sinnvollen Reaktionen.*
Sinnvoll, Kurt, hörst du. Ein Todeswort, jetzt, für mich. Daher reagiere ich nicht. Keine sinnvollen Reaktionen mehr, nie. Mein Sinn bist jetzt du. Das heißt *ich*. Ich bin jetzt dein Sinn, den du ja ohnehin nie gehabt hast. Ich kenne dich, Kurt, mir machst du nichts vor, ich kenne dich von klein auf. Das wundert dich, nicht?
Ich sage jetzt *Kurt,* ich sage jetzt *ich*. Ich bin Kurt, sage ich. Ich erzähle dir eine Geschichte, meine Geschichte, Kurt, die so unsere wird.
Leih mir jetzt deinen Kopf. Irgendwie wirst du mich finden. Ich heiße jetzt Kurt, so fällt es dir leichter. Ich führe dich zu mir. Du weißt noch nicht wie. Das brauchst du nicht wissen. Du kommst mir schon näher, das spüre ich, dadurch, dass ich jetzt in deinem Kopf bin. Das müsste

ich nicht sein, Kurt. Du kannst mich vergessen. Wenn du das kannst. Kannst du das. Sag.
Ich möchte nicht, dass du vergisst.
Keine sinnvollen Reaktionen, steht da. *Es erfolgen jedoch keine sinnvollen Reaktionen, Blickfixierung oder Spontanäußerungen.*
Keine Blickfixierung. Und doch habe ich dich fixiert. Merkst du das. Wie. Du merkst es, ich spüre das, Kurt. Ich habe dich fixiert und du hast es gemerkt. Aufmerksamkeit, Kurt. Wir werden ein gutes Gespann.
Keine sinnvollen Reaktionen, sagen sie. Sinnvoll, was ist denn das? Dass du mir deinen Kopf leihst, hat Sinn. Und das weißt du, und nur du weißt das, Kurt.
Keine sinnvollen Reaktionen. Du hast sie zu setzen, nicht ich. Kurt Weyrath zeigt keine sinnvolle Reaktion, müsste es heißen. Heißt es aber nicht. Anna K. liegt im Koma, heißt es. Unerreichbar für einen Reiz. Außer, du fährst mir in die Augen.
Du bist mir nicht nur in die Augen gefahren, du bist mir in meinen Kopf gefahren. Doch davon wissen sie nichts.
Weiter, Kurt. Lies: *Auftreten pathologischer Reflexe, z. B. Greifreflexe.*
Greifen, ja. Angst spüre ich. Und zum ersten Mal bei einem anderen. Bei dir. Bisher kannte ich das nur an mir selbst. Meine Angst haben musst du nicht, Kurt. Nicht vor mir. *Auftreten pathologischer Reflexe, z. B. Greifreflexe.* Ich greife dich mir, Kurt, spürst du das. Ich liege im Bett, irgendwo. Koma, heißt es, und kann mich nicht rühren und rühre mich nie mehr vielleicht. Und doch greife ich zu.
Spürst du mich, Kurt, die Hand deines schlechten Gewissens. Ich bin jetzt dein schlechtes Gewissen. Von nun an. *Pathologisch,* ja, was denn wohl sonst. Immerhin hat mich einer enthirnt, dieser Eine warst du. Enthirnung, was ist denn das: ohne Hirn?

Sag, bin ich ein Gegenstand, ist sie ein Gegenstand, wirst du dir denken. Nein, bin ich nicht, sage ich dir. Ein Gegenstand sucht einen nicht auf, ein Gegenstand hat noch keinen gefunden. Ich finde dich, Kurt, wie du weißt.
Lies weiter jetzt: *Störungen der Atmung.*
Ich habe keinen Atem, Kurt. Weißt du das. Meine Lunge ist eine Maschine, Techniker Kurt. Und die ist einfallslos, glaub mir. Die geht, immer gleich, auf und ab, einatmen, ausatmen, einatmen, ausatmen.
Da zieht man nicht hin und wieder einfach so durch, so wie wenn man Angst hat zum Beispiel, Kurt Weyrath, oder wenn man am Ende ist oder irgendwie Freude hat. Einatmen. Ausatmen. Immer gleich.
Störungen der Atmung. Dass ich atmen will, nennt dein Buch *Störung.* Und dein Buch hat eine Maschine dagegen, an der hänge ich.
Weiter jetzt, lies: *Temperaturregulation gestört.*
Was stört einen nicht an einem anderen. Bei mir stört sie die Temperatur. Es ist heiß hier, weißt du, eiskalt. Eiskalt heiß, kennst du das. Angst, heißt das, keine Nacht, heißt das, und kein Tag, Schlafzwang, hellwach, und nicht aufwachen können, Tagzwang, ständig. Und für die anderen tot.
Verlauf, steht da. Lies weiter jetzt, Kurt. Sag mir, was du da liest. Erzähle mir meine Geschichte. *Verlauf: Entweder letaler Ausgang nach länger dauerndem apallischem Syndrom infolge Komplikationen.* Letaler Ausgang, liest du, gestorben, heißt das für das Mädchen hier in meinem Bett.
Ich bin noch nicht tot, Kurt, auch wenn du dich bis jetzt nicht um mich gekümmert hast. Gekümmert hast du dich, ja, in deinem Kopf. Nicht um mich. Nur um dich, bis jetzt hast du dich nur um dich gekümmert, um deine lächerliche Angst vor dir selber und um dich selbst. Zu

Recht, zwei Tote rechtfertigen Angst. Und die hast du, Kurt, und die sollst du auch haben.
Eigentlich sind es drei. Dreimal ist man für dich gestorben. Einmal davon stirbt man immer noch und das sollst du wissen.
Verlauf, steht da. *Entweder letaler Ausgang.* Dann sind es drei. Dann vergiss mich.
Entweder tot infolge Komplikationen. Oder aber. Was steht da noch: *Eventuell vollständige Remission.* Was heißt denn das, *Remission: Vorübergehendes Nachlassen einer Krankheitserscheinung, besonders des Fiebers.* Nachlassen einer Krankheitserscheinung, hörst du das, Kurt, es lässt nach, es ist möglich, dass sie aus allem herauskommt, es ist möglich, dass sie es schafft, heißt das. Aber wie. Lies weiter: *Die Prognose verschlechtert sich mit zunehmender Dauer des Syndroms.*
Hol mich raus, Kurt. Noch geht es, das spüre ich. Komm, such mich auf, rette mich, komm, rette dich damit, tue etwas für uns, du musst etwas tun. Ich habe keinen mehr außer dir.
Rettung, ja, Rettung, das ist es, das könnte es sein.
So kommst du mir näher, keiner weiß was, und findest mich auf, und ich warte auf dich und du kommst als meine Rettung. Im Büßerhemd, Rettungshemd, Sträflingshemd, Tarnungshemd, wichtig ist nur, dass du kommst, und du rettest mich, Rettung, ja, Strafe, ja, alles, es stimmt, es wird richtig sein, Rettung, was immer das heißt. Kurt Weyrath, ich will dich nicht in einem Gefängnis, ich möchte dich in einem Sinn, und den suche ich, suchen wir ihn gemeinsam, Kurt. Ja, suchen wir ihn gemeinsam. Rettung. Ich tue es. Ja.

Gerda,
ich kann nicht reden, über nichts. Jeder Satz über mich ist jetzt falsch. Und was mit mir geschieht, keine Ahnung.

In dem gemieteten Zimmer sitze ich vor den Koffern.
Lächerlich, wie du sagst, ja, alles an mir. Und zu feige, darüber zu lachen.
Ich habe mich eingesperrt, ich habe mich verbarrikadiert. Du weißt, wie sehr ich Hotelzimmer hasse. Aber jetzt ist es doch richtig so.
Jede Nacht fahre ich auf die Hungerburg, von dort aus gehe ich, so weit es im Dunkeln möglich ist. Bis die Sonne kommt. Ohne totale Erschöpfung stehe ich keine Nacht mehr durch. Am Tag liege ich hier zwischen den Koffern.
Die Wohnung sieht mich nicht mehr. Das heißt nicht, dass wir uns nicht mehr sehen. Den Wagen nimm du. Auch wenn du es nicht glaubst, ich habe ihn immer gehasst. Fahr ihn zu Schrott, er verdient es, verkauf ihn, mach damit, was du willst. Die Wohnung zahle weiterhin ich, nicht dass du Angst hast. Aber lass den Vertrag umschreiben auf dich.
Dem Professor Günther sag, wenn du willst, oder wenn er dich wieder mit mir belästigt, die Innsbrucker Abwässer haben mich nie interessiert, nicht im Mindesten, und im Übrigen hätte ich ihn nie mögen. Das macht es ihm leichter.
Abwasserbeseitigung, Klärschlamm. Ohne mich jetzt. Mein Gewissen beseitige ich jetzt anderswo.
Ich möchte dir noch etwas über uns sagen, aber das wäre wohl nur eine Gewohnheit und aus einer Gewohnheit heraus gesagt.
Was soll ich sagen. Sagen wir, durch ein Unglück hat sich mein Unglück verändert. Ich habe mich verändert. Von einem Tag auf den anderen, wie du es nennst.
Alles aus jetzt, endgültig, was war.
Eigentlich geht es mir gut. – Das heißt, aber du weißt, was das heißt, ich streiche es jetzt nicht mehr weg.

Und vielleicht stimmt es ja auch. Vielleicht geht es mir eigentlich gut. Und wenn man bedenkt.
Wie es dir geht, weiß ich (mir geht es gleich).
Schreib nicht. Ich werde mich melden.
Ich kann jetzt kein zweites Gewissen gebrauchen.
Kurt.

Wieder nichts in der Zeitung, kein Bericht über das Mädchen, vom Begräbnis der Eltern, keine Spur von dem Mädchen mehr. Aber wie finde ich sie, anrufen, Intensivstation, Sterbeamt, nein. Dann haben die mich.
Sterbeanzeigen, Todesanzeigen, Zeitungen, täglich.
Keine Angehörigen, hat es geheißen, keine Anzeigen also.
Schmerzerfüllt, steht da, geben wir Nachricht vom plötzlichen Tod, sie erfüllen die traurige Pflicht und geben die traurige Nachricht. Und auf den Fotos lachen die Toten, irgendwann haben sie für dieses Foto gelacht, das jetzt ihr Sterbebild ist.
Sie sind von uns gegangen, steht da, abberufen, von Gott zu sich berufen, heimgegangen, heimgekehrt in den Frieden, du, o Herr, hast sie uns genommen, und wir geben sie dir zurück.
Umgekommene, wie umgekommen, auf welche Weise von Gott Heimgeholte: Nach langer schwerer, mit großer Geduld ertragener Krankheit, nach kurzer schwerer Krankheit, plötzlich und unerwartet, auf seltsame Weise in den ewigen Frieden abberufen.
In liebem Gedenken, in dankbarer Liebe, in Trauer, in Dankbarkeit und Trauer, in tiefer Trauer, in stiller Trauer, in stolzer Trauer, schmerzerfüllt und im Namen aller Verwandten gedenken sie in unveränderter Liebe und Verbundenheit, Wiedersehen ist unsere Hoffnung.
Verabschiedung, Einsegnung. Asche.

Die Glocken, ich gehe in die Kirche, warum nicht in die Kirche, nach zehn Jahren, der alte Ritus, Ministrant Weyrath, welche Kirche, Pension Stoi, Maximilianstraße oder Theresienstraße, egal.
Servitenkirche wegen Umbaus geschlossen.
Also doch Theresienstraße, Spitalskirche. Der Geruch und die Kerzen, als ob man zum Kind wird dabei.
Bedenken wir, dass wir Sünder sind, wir sind Sünder vor dir, o Herr, nicht würdig, dass du eingehst unter mein Dach, vergib uns, wie auch wir vergeben unseren Schuldigern, liebe Brüder und Schwestern, wir alle sind Sünder, gehe jeder in sich, aber das Fleisch ist schwach, ungläubig, nicht würdig, vergib uns, und keiner ist frei von der Schuld, so flehen wir zu dir, o Herr, o Gottes Barmherzigkeit, in Dankbarkeit, Demut und Reue flehen wir zu dir, o Herr, nicht würdig, vergib uns, denn sie wissen nicht, was sie tun, in Demut und Reue bekennen wir vor Gott unsere Sünden, wir bitten dich, o Herr, erhöre uns, o Herr, erbarme dich unser, o Herr, Staub bist du, wir sind Asche vor dir, erbarme dich unser, o Herr, wir leiden mit Recht, denn wir empfangen, was unsere Taten verdienen, erlöse uns, o Herr, der du nicht willst den Tod des Sünders, erhöre uns gnädig, o Herr, bekehre mich, lebe mich, sprich nur ein Wort, so wird meine Seele gesund, liebe Brüder und Schwestern, um Gnade flehe ich zu dir, o Herr, wir haben uns heute versammelt, wenn mein Leib zur Erde sinkt, durch Reue und Buße, erbarme dich meiner, o Herr, nicht würdig, dass du eingehst unter mein Dach, strafe mich, prüfe mich, o Herr, heute noch wirst du mit mir im Paradiese sein, der alles vergibt, der unendlich ist, Staub bist du, und zum Staub kehrst du zurück, ein Sünder bist du vor dem Herrn, so flehen wir denn um Gnade, Vergebung, ein Nichts bist du, nicht würdig, durch sein Leiden und Kreuz, barmherziger Gott, gnädiger Gott, mögest

du uns erlösen, haben wir uns versammelt, gehen wir in uns, empfehle ich meinen Geist, Herr, himmlischer Vater, allmächtiger Gott und Vater, bitten wir dich, nimm unser Opfer an, verschone uns, führe uns nicht in Versuchung, erlöse uns von allem Übel, lebendiger Gott, o mein Jesus, komm, Heiliger Geist und Erlöser, wir sind hier zusammengekommen, höre mich aus der Reihe der Sünder, denn Staub bist du, höre auch meine Stimme unter den tausendmal tausenden, und zum Staub kehrst du zurück, nicht würdig, dass du eingehst unter mein Dach, bekennen wir unsere Sünden, o Herr, schau herab auf unsere Sünden und auf das Opfer, das wir dir dargebracht haben, knien wir vor dir, o Herr, in Demut und Reue, nicht würdig, so lasset uns beten, dass unser Opfer dir wohlgefällig sei, führe uns nicht in Versuchung, zu dir flehen wir, o Herr, erbarme dich unser, o Herr, speise uns mit deinem heiligsten Fleisch und Blut, zum ewigen Leben gelangen, vergib uns, gedenken wir der Verstorbenen, die uns vorangegangen sind, preisen wir dich, wie auch wir unseren Schuldigern, und führe uns nicht in Versuchung, einander ein Zeichen des Friedens, der Herr sei mit euch, und mit deinem Geiste, hinaus jetzt, endgültig, die Glocken, nur weg jetzt, bloß weg jetzt, davon.

Hören Sie? Unter der Erde ist Weihnachten. Fahren Sie mich hin?

Hallo? Wer ist denn da?
Herr Weyrath? Spreche ich mit Herrn Weyrath?
Ja.
Herr Weyrath, ich weiß da etwas über Sie. Sind Sie interessiert?

Pension Lindenhof
Hungerburg 9

Gerda,
wie kommst du dazu, einem wildfremden Menschen meine Adresse zu geben, frage ich dich, und das hast du getan. Ich bin daraufhin ausgezogen, wie du aus dem Briefkopf siehst, wegen ihm, und das heißt deinetwegen.
Ich habe dich gebeten, dich nicht zu melden, bis ich von mir aus wieder schreibe, und dann schickst du mir so einen. Was wollte der, erinnere dich und schreib es mir, wörtlich, ich muss es wissen, sofort, wie hat er dich dazu gebracht.
Ich bin da in einer Geschichte, über die ich nicht sprechen kann, das musst du verstehen, gar nichts musst du, das weiß ich, aber trotzdem brauche ich jetzt, was weiß ich, dein Vertrauen, vielleicht wird alles gut (ich glaube es zwar nicht), du wirst es erfahren.
Nur soviel: Es geht nicht um dich. Das alles jetzt hier in diesen Tagen hat nicht das Geringste mit dir zu tun, gar nichts, das heißt, in der Auswirkung, ja, auch du bist betroffen, aber Schuld hast du keine, und die suchst du ja immer in allem bei dir.
Gerda, jetzt bitte ich dich, schreib, aber nicht, weil sich etwas (für uns beide) seit dem letzten Brief geändert hätte, sondern, weil ich die Antwort brauche darauf, was dieser Mensch von dir will und wie er auftritt dabei. Was ist dein Eindruck.
Er meldet sich wieder, ich bin sicher. Er braucht die Adresse. Du gibst sie ihm aber nicht, keinesfalls, und was immer er sagt, verstehst du. Ich bitte dich, schick mir keinen mehr nach. Vom Fenster aus sehe ich unser Haus. (Du hast Licht.)

K.

Kurt,
so wird das nichts mehr mit uns. Was bisher noch mit gutem Willen, und den sprichst du mir ja nicht ab, verstehbar war, ist mir nun nicht mehr verständlich, und was erklärbar ist, sagst du nicht, und also belaste ich dich nicht mehr mit mir. Nimm keine Rücksicht, brauchst du nicht, und erkläre dir, was du mit dir zu klären hast, selbst.
Mein Vertrauen brauchst du, wofür du es brauchst, sagst du nicht.
Und keine Angst jetzt, Kurt, um mich mach dir keine Sorgen, wir sagen uns so vieles nicht, und nicht nur jetzt, wir haben uns doch immer alles verschwiegen, was versteckbar war, und so verschweigen wir uns nun also nicht mehr nur das, was wir einander nicht sagen, sondern hiermit von nun an auch uns selbst.
Und: Dass du Ruhe hast und auch mir Ruhe lässt: Ich werde nicht mehr von dir sprechen, mit keinem, und keinem gebe ich deine Adresse, es kommt auch kein Brief mehr von mir.
Gerda.

Kainz, hat Korenz gesagt, Anna. Botanikerstraße 8. Hötting, heißt das. Und also Höttinger Friedhof, was die Eltern angeht.
Das rosa Haus. Nummer 8, renoviert. Namensschild, immer noch Kainz. Korenz hat immer recht.
Kainz? Nein. Unbekannt, ja. Leben nicht hier, zumindest schon lange nicht mehr. Was wollen Sie denn von ihnen, wer sind Sie?
Aber doch, Höttinger Friedhof muss stimmen. Die neue Adresse der Eltern. *Hier ruhen. Hier ruht. In Frieden. In Gott. In der Erde.*
Stimmt.

HIER RUHEN IN FRIEDEN
Ida Kainz
1942–1989

Manfred Kainz
1936–1989

Zu zweit, nicht zu dritt. Also ist noch eine Adresse zu suchen.

An alle Wagen, Achtung, Großeinsatz, Brennerautobahn, A 13, im Tunnel A, Verkehrsunfall, zwei LKW, ein PKW, Gasgefahr. Alle verfügbaren Wagen sofort Richtung Tunnel, weitere Anordnungen durch den Dienstführer vor Ort.
Zwei LKW, ein PKW, wie viele macht das. Gasgefahr, heißt es. Stimmt, wie das riecht. Wagen abstellen.
Dienstführer, Feuerwehr, Notarzt. Alle Lichter aus jetzt. Entzündungsgefahr. Kein Gas, heißt es jetzt, keine Gasgefahr, also doch rein jetzt. Stockdunkel.
Zwei LKW, ein PKW, wie viele Tote macht das. Suchen jetzt, wonach suchen. Licht, jetzt kann man auch sehen. Mit einmal unter Wasser jetzt alles. Brandgefahr. Ein Wrack.
Polizei, Feuerwehr. Kein Wasser mehr jetzt. Brandgefahr aus. Noch ein Wrack, das heißt zwei, ineinander verkeilt.
Feuerwehr. Da schreit einer. Jetzt haben wir sie. Noch einer, hier.
Wen liegen lassen, wem sofort helfen. Unter den Rädern, unter den Kisten dort schreit einer. Wo noch, wo kann noch einer sein. Erst alle suchen, dann helfen. Wen liegen lassen, wem sofort helfen. Wenn einer noch schreit, ist er nicht tot. Die Stillen sind jetzt zu finden, denn die tatsächlich sterben, werden still und bescheiden und

machen kein Aufhebens mehr, können nicht, liegen nur da, meist versteckt, die verkriechen sich.
Wo noch suchen, wen liegen lassen, das Suchen nach einem, den es hier gar nicht gibt, ist vielleicht für einen anderen der Tod, den man schon fand.
Nicht weitersuchen, Weyrath, wir haben jetzt alle. Nicht weitersuchen, die Verantwortung liegt beim Dienstführer, hörst du, gib es jetzt auf, was willst du denn da noch finden.
Ja, Kurt, so findest du mich, such mich, Kurt, hinter den Trümmern, unter den Kisten, im Wrack, fahr nicht weg, nicht noch einmal, nie mehr, hörst du. Hier findest du mich, so finde ich sie, spürst du es, ja, ich spüre es, diesmal finde ich sie.
Weyrath, zum Dienstführer, du arbeitest gegen Befehl, da hinten ist einer zu reanimieren, geh hin.
Du suchst jetzt hier weiter, Kurt, du fährst nicht noch einmal davon, du stehst jetzt hier für mich ein, hörst du das, Kurt, du suchst mich hinter den Kisten, du wirst mich nicht daliegen lassen wie damals, keinen mehr daliegen lassen wie tot und also tot daliegen lassen, weil du davonfährst wie damals, nur weil es dein Dienstführer sagt so wie jetzt. Weyrath, hier unter dem zerschlagenen Müll liegt noch einer und atmet, du fährst nicht noch einmal davon.
Weyrath, das setzt ein Verfahren, sei nicht blöde, lass das jetzt, was soll das.
Ich habe noch einen gefunden.
Mein Gott ja, der hat recht, Feuerwehr, Bergeschere, und noch ein Mann zu Weyrath, der hat noch einen gefunden.
Heraus jetzt aus diesem Dreck, hol mich raus, Kurt, zieh mich heraus, ich habe keinen Atem.
Wie der aussieht, hat denn das noch einen Sinn.
Du tust, was Weyrath dir sagt, verstehst du.

Ja, Kurt, du ziehst mich heraus. So kommst du mir näher, das spüre ich, so wirst du mich finden, so finde ich sie. Holt den Notarzt, was sagt der, Schädelbasisbruch, sagt der, Schädel-Hirn-Trauma, eindeutig, die zugeschwollenen Augen, siehst du. Gute Arbeit, Weyrath, Respekt. Gute Arbeit, Kurt, hörst du, Schädel-Hirn-Trauma, du hast gut gearbeitet, Kurt.
Geschenkt, Weyrath, der gehört dir. Du bringst ihn in die Ambulanz.
Unfallambulanz, dort war ich auch schon, Kurt. So findest du mich.
Unfallambulanz, Operation, Neuroambulanz, Intensivstation Neurologie.
Deine Arbeit ist jetzt getan, Weyrath, sagt die Schwester.
Dass der durchgekommen ist, alle Achtung.
Bei einem wie dir könnte sich eine Frau sicher fühlen, für den Fall eines Unfalls, meine ich. Aber du kannst wirklich gehen. Oder kennst du ihn?
Nein.
Was geschieht jetzt mit ihm.
In der Statistik kommt er vielleicht durch. Man wird sehen.
Was ist, wenn er aufwacht.
Wenn er aufwacht, dann hat er ein Hirn. Oder nicht.
Koma, meinst du.
Nein, nach dem Koma, sagt sie.
Sagen wir, er hat keines, kein Hirn. Was ist dann.
Die meisten, die von hier wegkommen, wenn sie überhaupt von hier wegkommen, werden abgeschoben in irgendein Heim. Die sind nicht mehr herzeigbar, weißt du. Die kommen nach Mils. Dort schlafen sie sich endgültig aus.

Wodurch, sagten Sie, haben Sie sich Ihr Leben verdient?

Für jemanden da sein können, wissen Sie, großartig ist das, man ist doch für jemanden da und ist nicht allein und für etwas gut, nie gut genug, aber eben doch gut. Sich aufopfern können und da sein für ihn, wenn schon nicht für mich selbst.
Was ihm fehlt?
Ja, was haben wir denn, Opa, Prostata haben wir, worunter leiden wir noch, Opa, außer an uns, mit dem Blut haben wir es, Tbc auch, ja, Opa, sag doch was, Opa, was sagst du denn nichts.
Er ist nicht der Kranke, wissen Sie. Er ist die Krankheit.
Keine Rede vom Sterben, unser Opa und sterben, nein, nie. Er opfert sich auf, verstehen Sie. Er schenkt mir jeden Tag einen Tag mit sich, sagt er. Und er zaubert auch gut. Er verwandelt sich, aber nur, wenn er will. Opa, hörst du, was sagst du denn nichts. Aus meinem Schwiegervater hat er sich über Nacht in so etwas wie meinen Mann verwandelt, den er gleichzeitig verschwinden ließ.
Ich bin seine Frau, sein Kind bin ich, alles bin ich für ihn. Nur für mich bin ich nichts. Für mich bleibt da, außer dem Sinn meines Lebens, nichts übrig.
Verantwortung, Schuldigkeit, wissen Sie. Ohne mich hat dein Leben doch gar keinen Sinn, jetzt, wo mein Sohn dich verlassen hat, sagt er mir. Er springt für ihn ein, sagt er, so gut es geht. Das ist jetzt seine Aufgabe. An Sterben ist da nicht zu denken.
Schuldigkeit, wissen Sie, das ist er mir schuldig, sagt er. Bis sein Sohn wieder zurückkommt zu mir, und so lange sind wir da füreinander. Mein Mann hat uns füreinander geschaffen. Unser Opa und sterben, nein, nie.

Was, Opa. Das käme auch gar nicht in Frage, wo ich doch noch zu versorgen bin.
Und so opfert er sich und nimmt die Verantwortung wahr und bleibt leben, nur meinetwegen, sagt er. Und auch ich bin so nur noch für ihn da, kein anderer hätte mehr Platz zwischen uns. Eine Aufgabe und ihre Erfüllung, verstehen Sie.
Verstehst du das, Kurt.
Er ist krank. Nur für mich ist er krank, sagt er. Dass ich eine Aufgabe habe.
Hörst du das, Kurt. Eine Aufgabe braucht sie. Schuldigkeit, hörst du. Die beiden brauchen einander, die beiden haben einander. Und wir?

Herrn Kurt Weyrath
Sternwartestraße 4
6020 Innsbruck

Hier erzählt man sich eine Geschichte, Herr Weyrath, die geht so: Es war einmal ein kleines Mädchen, das lag in einem gläsernen Sarg. Dort schlief es und schläft und wartet im Schlaf auf den Prinzen.
(bitte wenden)
MILS
Ein Gruß aus dem Paradies

Vom Botanischen Garten aus sieht man das Haus, in dem sie gelebt hat und in dem sich doch keiner erinnert. Die spielenden Kinder. Hier hat sie gespielt. Was hat sie von hier aus gesehen, mit wem hat sie gesprochen, mit wem war sie überhaupt hier.
Der Mann mit der Zeitung auf der Bank vor dem Glashaus, der jeden Tag kommt.
Hier gehe ich ihre vermeintlichen Wege ab, täglich. So mache ich mich mit ihr bekannt.

Sternwartestraße, wo ich mich eingemietet habe, um in ihrer Nähe zu sein, wenigstens so, Friedhof Hötting, Botanikerstraße, Botanischer Garten, nach Dienstschluss, abends, und als Spaziergang getarnt. Meine Wege sind kurz geworden und für die anderen einfallslos, wegen der Wiederholung, für mich aber doch nicht. Denn so besuche ich sie auf meine Art, ich mache mich ihrer Umgebung vertraut und gehe die Wege, die sie gegangen sein muss. Ihre Plätze werden unsere Plätze.
Durch diesen Ort werde ich mit ihrer Geschichte vertraut, die dadurch an Schrecken verliert. Und auch nicht.
Ich begegne ihr unter den Bäumen im Park, in jedem Mädchen, das dort auf einer Bank sitzt, im Glashaus, auf das sie aus ihrem Fenster herabgeschaut haben muss, in jedem in einen Baumstamm gravierten Initial A, in jedem Bild dieses Stadtteils überhaupt, weil sie dieses Bild irgendwann vor mir gesehen hat.

Wo bist du denn immer mit deinen Gedanken, Kurt, hörst du nicht, Einsatz Murstraße, weiblich, Medikamentenintox. Wir sind da.
Es öffnet ein Kind.
Wo ist sie, wo liegt deine Mutter, führ mich zu ihr, was hat sie genommen und wer hat sie gefunden und wann, und ist dein Vater nicht da, wo ist der, bring mich zu ihm.
Der ist im Wohnzimmer, sagt das Kind. Beim Frühstück, ich mache guten Kaffee.
In dem Zimmer sitzt einer und liest in der Zeitung. Volksmusik.
Wo ist sie?
Im Schlafzimmer, sagt er. Wo sie immer ist.
Welches Medikament?
Was weiß ich, ihre Tabletten eben, wahrscheinlich wieder dieselben, sie nimmt immer dieselben.
Und wie heißen die, frage ich.

Das Kind kommt mit dem Kaffee.
Und wie heißt du?
Markus.
Markus, wo sind die Tabletten von deiner Mutter.
Ich weiß nicht. Die hat sie gegessen.
Wo hat sie die Packung versteckt. Die kann doch nicht weg sein.
Ich sage Ihnen, sie nimmt immer dieselben.
Und ich weiß immer noch nicht, wo sie liegt. Markus, du suchst jetzt die Packung, verstehst du. Und Sie können sich schon darauf vorbereiten, was Sie der Polizei sagen werden.
Und was soll ich ihr sagen, der Polizei sage ich auch immer dasselbe, jedes Mal. Aber Sie müssten doch selbst wissen, welche Medikamente sie nimmt, sie hat es doch schon viermal versucht.
Markus, wo ist deine Mutter, zeig uns das Zimmer.
Weyrath, da ist sie. Hören Sie mich, Frau Beel, können Sie mich hören? Sie ist noch nicht weg.
Ist sie nie, wenn ich es Ihnen sage. Das fünfte Mal jetzt.
Das Kind kommt ins Zimmer.
Was stehst du so verstohlen herum, was hast du da, sind das die Tabletten?
So wird das nie etwas werden, sagt der Fahrer. Mit diesen Tabletten, keine Sorge. Hol trotzdem den Notarzt, Kurt.
Der Mann steht jetzt auf und sieht zu.
Ich sage ihr immer, und das können Sie mir glauben, von diesem Zeug wirst du nicht wirklich gesund.

Frühschicht, Aufenthaltsraum. Weyrath, zu Korenz in die Leitstelle kommen.
Du weißt, Kurt, ich habe ein gutes Gedächtnis.

Ich glaube, ich habe da etwas für dich. Hast du die Zeitung gelesen?
Nein, noch nicht, wann denn?
Dann lies:

INNSBRUCK, MILS. Ein Durchbruch in der Behandlung komatöser Hirnerkrankungen konnte dieser Tage vom Langzeit-Pflegeheim Mils gemeldet werden.
Nach jahrelanger Zusammenarbeit mit den Angestellten der dortigen Komastation gelang dem Ärzteteam des Neurologischen Instituts der Innsbrucker Universitätsklinik unter Prof. Kranz die Entwicklung einer Behandlungsmethode, die es ermöglichen soll, Patienten, die bisher als unheilbar eingestuft werden mussten, von ihrem oft jahrelangen Siechtum zu befreien und in ein menschenwürdiges Leben zurückzuführen.
Zwar seien zum gegenwärtigen Zeitpunkt Langzeitprognosen, was endgültige Heilungserfolge betreffe, verfrüht, da Heilungschancen immer noch sehr vom Schädigungsgrad der betroffenen Hirnsubstanz abhängig sind, doch geben die nunmehr vorliegenden Ergebnisse laut Prof. Kranz zu größten Hoffnungen Anlass.
Einen Höhepunkt in der Entwicklung dieser weltweit neuen Therapiemethode sehen die Ärzte in der »Erweckung« einer seit 11 Monaten im Koma gelegenen jungen Frau, deren Krankheitsverlauf nach bisherigen Erkenntnissen noch als hoffnungslos eingestuft werden musste.
Anna Kainz (24) war vor 11 Monaten Opfer eines schweren Verkehrsunfalls geworden und mit schweren Schädel-Hirn-Verletzungen in das Krankenhaus Innsbruck eingeliefert worden. Aus dem komaartigen Zustand, in den sie noch am Unfallort gefallen war, war sie seitdem nicht mehr erwacht.

Auch für die behandelnden Ärzte grenzt es dabei fast an ein Wunder, dass die junge Frau die lange Zeit ihrer völligen geistigen Abwesenheit anscheinend unbeschadet überlebt und das Bewusstsein voll wiedererlangt habe. Der Genesungsprozess schreite weiterhin rapid voran. Bleibt zu hoffen, dass es mit dieser Therapie gelungen sein möge, allen jetzt und in Zukunft von dieser Krankheit befallenen Menschen einen Ausweg in ein menschenwürdiges Leben eröffnet zu haben.

Noch etwas, Kurt. Schau auf den Bildschirm. Siehst du:

Kainz, Anna 03.10.1965
(Botanikerstraße 8)
Landespflegeheim Mils
Transportweg: Mils, Neurologie Innsbruck.
Tag des Transportes: 09.06.1990

Das ist heute, weißt du das. Mit wem fährst du?
Mit Rader. Warum?
Möchtest du den Transport? Eigentlich sollte sie ja Gebhart zuerst sehen. Also sag keinem ein Wort. Möchtest du?
Ja doch, ja, wenn das so ist, möchte ich, ja, ich mache den Auftrag, mit Rader, sofort.

Nach Mils, sagst du, fahren wir?
Ja, Rader.
Wen holen wir dort?
Eine Komapatientin.
Du bist ja heute so fröhlich, was verheimlichst du denn, Weyrath. Sag mir das. Hast du dich wieder verliebt? Es kommt ja doch alles auf. Mach eine Beichte, komm. Du bist richtig aufgedreht heute. Das nimmt noch ein böses

Ende mit dir, du wirst sehen. Wenn man glücklich ist, zeigt man das nicht. Schon gar nicht in Mils. Ich glaube, dir geht es zu gut. Innsbruck, Hall, Mils. Sanatorium, da war ich schon lange nicht mehr, nach Mils komme ich selten. Und du?
Ich war noch nie da. Ist es das?
Ja. Eintönig, nicht? Alles weiß. Wohin müssen wir, Komastation, sagtest du. Sag bloß, wir holen die, die heute in der Zeitung steht, weißt du da was? Komastation, wir sind da.
Vier Betten, drei Schläfer, nur eine ist wach, eine Frau. Ist sie das, Schwester? Frau Kainz?
Er geht zu dem Bett.
Nicht dorthin, nein, sagt die Schwester, die Kainz liegt da drüben.
Aber die schlafen doch alle. Es hieß, sie ist wach, aufgewacht, ich habe die Zeitung gelesen.
Das hat auch gestimmt, bis vor zwei Tagen war sie ja wach.
Ein Rückfall, leider, wir können es uns nicht erklären. Deshalb bringt ihr sie auf die Intensivstation Neurologie, der Professor möchte sie sehen, bei sich haben, sagt er.
Was heißt denn das, Rückfall. Heißt das, sie ist wieder weg?
Völlig, ja, leider.
Sich ausschlafen, Kurt, wir sind nicht mehr herzeigbar, weißt du, in Mils schlafen sie endgültig aus.
An der Wand Blumen, die Betten weiß und der Tisch, alles weiß. Komm her jetzt, Kurt, ich warte auf dich, seit Monaten erwarte ich dich, und jetzt bist du da, du hast mich gefunden, Kurt, mach dich bekannt. Über jedem der Betten ein Kreuz, hier ruhen, hier ruht, in Gott und in Frieden, im Schlaf, in der Erde der Betten, hier schlafen wir, hier warten wir auf das Erwachen, hier schlafen wir endgültig aus.

Was hast du denn, Weyrath, ist dir nicht gut, du bist ja auf einmal klatschnass?
Nein, nein, es ist gut, es ist nichts, es ist nur. Komm jetzt, Kurt, mach dich vertraut, mach deinen Diener, ja, gib die Hand, untersteh dich, du bist auf Besuch, die gute Hand, hörst du, du hast mich gefunden, Kurt, ich schlafe und du machst mich wach, was sagst du denn nichts, sprich mich an, sag etwas, Kurt, so wie es die anderen machen, schau hin, die sprechen ja auch mit den Schläfern, ich höre dich, wenn du was sagst, sprich mich an.
Was hat er denn, kennt er die Kainz? Es sieht aus, als ob er sie kennt. Er ist doch Rettungsfahrer, eigenartig, das dürfte ihm doch nichts tun.
So kenne ich ihn auch nicht, glauben Sie mir, ich verstehe das nicht. Weyrath, was hast du denn.
Gar nichts, es ist schon in Ordnung, mir ist nur, es ist alles so. Schuld bist du, Koma, schlafähnlicher Zustand, und zur Schuld kehrst du zurück, ich bin deine Schuld, Kurt, sag nur ein Wort, so wird meine Seele gesund. Rückfall, sagen sie, eingeschlafen. Wie sie daliegt, die Hände verkrampft, bin ich ein Gegenstand, Kurt, hier schlafen wir endgültig aus, du hörst meinen Atem, Kurt, nimm meine Hand, küss mich, Herr Weyrath, ich weiß da etwas über Sie, sind Sie interessiert.
Rader, ich kann nicht mehr gehen. Lähmung, Kurt, siehst du. Jetzt setzen sie ihn auf das Bett. Ich kann mich nicht rühren.
Was hast du?
Ich weiß nicht, ich kann mich nicht mehr bewegen.
Schwester, der braucht einen Arzt.
Du sitzt jetzt bei mir, Kurt, so sind wir zu zweit. Hol mich raus jetzt, was sagst du denn nichts, greif mich an. Meine Augen, schau auf die Augen. Ich öffne die Augen. Siehst du.

Also ist sie doch da, sie ist da, sie hört mich, Schwester, sie schaut uns doch an, sie ist aufgewacht, sie ist munter geworden, sehen Sie.
Das ist nichts. Das ist nur ein Reflex. Aber jetzt müssen wir uns auch noch um Sie kümmern.
Keine sinnvolle Reaktion, Kurt. Glauben sie. Aber doch bin ich bei dir und jetzt sind wir zusammen. Ich habe dich gesehen. Wir verstehen uns schon mit den Augen.
Wir kennen uns jetzt. Und du hast mich gesehen. Das bin ich. Ich komme hier wieder heraus. Ich schlafe nur, Kurt. Jetzt holen sie dir meinen Arzt. Du kennst mich jetzt, das also ist sie, grüne Augen.
Eine Tote wird wieder lebendig, indem man sie liebt. Lieb mich, Kurt, greif mich an. Er berührt sie. Hol uns aus dieser Lähmung heraus.
Der muss sie kennen, sonst gibt es das nicht. Herr Weyrath?
Lassen Sie ihn, Sie sehen doch, er steht unter Schock.
Du berührst mich, siehst du, es ist nicht so schlimm, ich bin weich, sie ist noch nicht tot, und so warm.
Warum nicht warm, Kurt, hier ist es nicht kalt, greif mich an, dass du spürst, was vor dir liegt, ein Mensch. Was hast du getan. Halt mich, Kurt, dass die Lähmung weggeht davon, die geht weg, spürst du, von dir, nicht von mir, du wirst wieder lebendig, du kannst wieder gehen, steh auf jetzt, dass keiner was merkt, ich werde ihnen nichts sagen, ich verrate dich nicht, wenn du wiederkommst, wenn du mich wieder besuchst, und das tust du doch, wir gehören von nun an zusammen, wir heilen uns aneinander gesund. Das tun wir, ja, und ich komme, ich gehe nicht mehr weg, das verspreche ich. Steh auf jetzt, dass keiner was merkt.
Der Arzt ist jetzt da.
Es ist nichts, ein Schwächeanfall oder so, ich weiß nicht, es geht mir schon besser, entschuldigen Sie, Rader, ver-

zeih mir, das habe ich schon einmal gehabt, ich bin nicht der Gesündeste, scheint es, aber es ist schon vorbei.

Das erste Mal, dass ich ein anderer war, so mit zehn. Sie bringen mich doch nach Hall? Dort schlafen sie mich über den Winter. In Hall schlüpfe ich als ein anderer. Wer bin ich denn jetzt?

Heute war ich das zweite Mal dort, sie ist wieder in Mils, der Zustand sei abgeklärt, heißt es, was immer das heißt. Ich habe sie besucht, so bekommt alles jetzt Sinn.
Ich war dort, ohne Rettermontur, und habe mich ihnen erklärt. Eine weitere Lüge, dass man mein Verhalten versteht. Ich sagte, ich hätte sie mit einer Bekannten verwechselt und daher die Betroffenheit damals. Das versteht man, so fasst man Vertrauen.
Ihre Prognose ist anscheinend gut, aber doch weiß man eigentlich nichts. Wie die Zeitung es schreibt, ist es nicht, sagt die Schwester. Völlig unbeschadet, hat es geheißen. Aber doch weitgehend unbeschadet, meint sie.
»Sagen wir, sie hat es sehr gut überstanden.«
Sie sagt, es sei vor allem ein soziales Problem und sie sind überfordert damit.
Anna braucht jemanden, der für sie da ist, spürbar da ist. Das wird unterschätzt, sagt die Schwester. Körperlich, sie braucht jemanden, der mit ihr redet, auf sie eingeht, ständig, auch wenn keine Antwort kommt, immer dieselbe Stimme, und das geht nicht, kein Personal.
Berührungen braucht sie.
Dann lässt sie mich mit ihr allein. Immer noch derselbe Krampf in der Hand. Die Augen zucken, wenn man ihr etwas sagt.
Ich habe mit einer Angehörigen gesprochen. Sie sagte, sie wolle mir helfen. Gespenstisch, wie die das macht.

Sie geht ganz nah mit dem Mund an das Ohr ihres Sohnes, auch ein Unfall, sagt sie. Als ob sie ihn küsst. Oder flüstern will. Und schreit ihm ins Ohr. Sonst hört er mich nicht, sagt sie, sie müssen einen spüren, sonst hören sie nicht.
Dann rührt er sich für Sekunden, ein eher ablehnender Mund, aber das macht nichts, sagt sie, das heißt bloß, dass er etwas spürt und kurz ansprechbar ist.
Aber was soll ich ihr sagen. Und noch dazu schreien. Diese Frau sagt, ich lerne das noch.
»Das wird ganz normal, wenn man immer so spricht, wissen Sie.«
Ich bin wieder an das Bett von Anna gegangen. Man brachte mir einen Stuhl. Jetzt hat endlich auch dieses Bett einen Stuhl, hat die Schwester gesagt.
Dieser Krampf in der Hand, als ob sie sich festhalten wollte. Festgekrallt, irgendwo.
Ich kann noch nicht schreien, was soll ich auch sagen. Und wo sie berühren. Ich nahm ihre Hand, und die war plötzlich schlaff, ohne Krampf. Ich habe sie gedrückt und in beide Hände genommen.
Die Frau lächelt mir vom Bett ihres Sohnes aus zu, wenn sie nickt. »Sie müssen sie streicheln, ganz langsam. Das Reden kommt mit der Zeit.«
Ihre Hand ist jetzt weich und entspannt. Abweisend weich. Wie wenn man jemandem zu früh die Hand drückt.

Und wer sind Sie im Moment?

Ich bin jetzt jeden Tag dort. Eigentlich immer. Für die Schwestern bin ich schon der Herr Kainz. Jeden Tag Frühdienst, dann bis zum Abend bei ihr.
Heute habe ich es mit Blumen versucht. Dass die Eintönigkeit aufhört. Keine Blumen, hat es geheißen. Der Geruch. Also habe ich sie der Schwester geschenkt, die

sich freute. Danach habe ich sie in der Kapelle gesehen, dort stört der Geruch scheinbar nicht.
Ich wage es immer noch nicht, mit Anna zu reden, und so sehe ich von meinem Stuhl aus den anderen zu. Ihre Hand ist dabei das Einzige, an das ich mich halten kann, was kann ich auch tun.
Die eine Frau, die aufgewacht ist und die ich für Anna hielt, und die auch keiner besucht. Wie sie dasitzt, aufrecht, ohne eine Bewegung, nur die Augen sind immer bei uns, ihr entgeht nichts, sagt nicht ein Wort, ich kann sie nicht fragen, wie es dort ist.
Ihre Beobachtung stört mich, ich merke, wie ich mich vor ihr schäme, dafür, dass ich mit Anna nicht umgehen kann. So sitze ich vor Annas Körper, dessen Arme ich zu bewegen versuche. Mit welchem Recht rühre ich da an einem Menschen herum und spüre den Argwohn dieser Frau, was macht der da, wird sie denken, was reißt der an ihr herum, lass sie schlafen.
Alles peinlich, ich weiß nicht, wie man sich hier richtig verhält.
Die Frau vom Nachbarbett hat heute ein Fotoalbum dabei und zwickt ihren Sohn in den Arm oder schlägt ihn leicht auf die Wange, bevor sie ihm ein Foto vor das Gesicht hält und ihm die Geschichte des Fotos erzählt.
Diese totale Abwesenheit Annas. Der Atem ganz schwach. Abweisend alles. Und meine Sprachlosigkeit.
Und doch hat mein Kopf für nichts anderes mehr Platz. Diese Abweisung überträgt sich auf mich, spüre ich. Alles um mich herum besteht, wenn überhaupt noch, so nur noch in Bezug auf uns beide. Und alles um mich herum stört, weil es mich von ihr ablenkt.

21. Juni
In der Rettung warnt man mich. »Du lässt dich schon wieder mit einem Patienten ein.«

Egal.
Heute habe ich sie bewegt. Die Schwester macht es mir vor. Bewegungen mit den Armen. Sie die linke Hand, ich die rechte.
Sie lobt mich, und doch schäme ich mich bis ins Letzte hinein bei dem Gedanken, wie ich auf Anna herumknete und sie sich nicht gegen mich wehren kann, der ich die Ursache dafür bin, dass sie hier liegt.

23. 6.
Es existiert nichts mehr außerhalb meiner Welt, die dadurch klein geworden ist, und die eben dadurch endlich begonnen hat, überhaupt zu bestehen.
Und dabei immer die Angst, Anna zusätzlich zu dem, was ich getan habe, zu benutzen, indem sie jetzt Mittelpunkt dieser Welt ist.

27. 6.
Endlich habe ich mit dem Professor gesprochen. Er sagt, es sei nicht eigentlich apallisches Syndrom. Hirnbahnen seien keine durchtrennt und also sei alles offen.

17. September
Der Professor: »Sie müssen auf Jahre hinaus rechnen, Herr Weyrath. So ein Mensch ist kein Spielzeug, das man einfach so repariert.«
Wahrscheinlich wäre es auch ihm lieber, sie wäre ein solches Spielzeug und er fähig, es zu reparieren.

25. 9.
5-Uhr-Dienst. 13 Uhr Mils. 20 Uhr Innsbruck, daheim, um doch wieder nur bis 5 Uhr in Mils zu sein in meinem Kopf.

28.9.
Sie wird gewaschen. Die Schwestern wechseln die Wäsche.
Sie ist schön.

1. Oktober
Elektroden, Elektroschocks, kleine Schläge. Ich bin ihnen behilflich.
Jetzt wird es schon kalt.

5.10.
Der Botanische Garten auf den Fotos vor ihren Augen. Das Glashaus. Jeden Strauch habe ich fotografiert. Und ihr Haus.
Sehen Sie, ihre Pupillen, sagt die Schwester. »Ich bin sicher, sie kommt wieder.«

9.10.
Jetzt. 20 Uhr. Ich wollte gehen. Sie hat sich an mir festgehalten.

20.10.
Sie kommt, für Sekunden. Sie hebt den Kopf und die Augen gehen durch den Raum. Sie sucht sich zurecht. Dann wieder nichts.

23.10.
Heute, als hätte sie mich erkannt. Die erschrockenen Augen. Woran erinnert sie sich?

Sie liegt jetzt jeden Tag anders. Das lässt auf zunehmenden Willen schließen, sagt die Schwester.

November.
Die Frau, die aufgewacht ist und die immer noch daliegt, hat heute gelächelt. Frau Weber.

Als ich hinkam, hatte man Anna einen handgeschriebenen Zettel in die Hand gedrückt: »Sie wird munter. Bleiben Sie bei ihr.«
Frau Weber lächelt und nickt.

23. 11.
Heute war das ganze Team bei Frau Weber. Tanzstunde, hat der Professor gesagt.
Aufstehen, Frau Weber, jetzt werden wir tanzen, sagt er.
Sie steht auf.
Augen zu jetzt, sagt der Professor, die Augen zu. Links herum tanzen. Wenn es nicht funktioniert, ist es ein Tumor, sagt er dem Assistenzarzt ins Ohr, und das heißt operieren und alles noch einmal von vorn.
Aufrichten, Frau Weber, und tanzen, nach rechts jetzt, Augen zu, linksherum drehen, und jetzt wieder nach rechts, beugen. Die Augen zu, sage ich. Die rechte Hand an die Nase, und drehen jetzt, nach rechts drehen, und jetzt nach links.
Sehr gut, Frau Weber, das ist schon recht gut, machen Sie sich keine Sorgen. Die Augen auf jetzt, ja, es ist alles in Ordnung, in ein paar Wochen ist kein Parkett mehr zu glatt für Sie, glauben Sie mir.

26. 11.
Frau Weber ist nicht mehr da. Ein frisches Bett.
Keiner will etwas wissen.
Eine Schwester (vertraulich): »Wir dürfen nicht reden. Man schickt sie heim, damit sie noch ein paar gute Tage haben, im Glauben, es geht wieder aufwärts.«

Ich bin jetzt ständig bei ihr. Es ist ihnen nicht mehr zu trauen. Der Gedanke, an ihr Bett zu kommen, und es ist leer!
Ich habe mir Urlaub genommen, von den Nachtdiensten her habe ich noch einiges gut.
Spaziergänge, während sie gewaschen wird, aber auch das mache jetzt ich. Schwierig, den Schwestern nicht zu zeigen, dass man ihnen nicht mehr vertraut. Für sie bin ich doch immer noch mehr Angehöriger als Pfleger.
Wachsende Angst, den Raum zu verlassen oder von ihr wegzugehen überhaupt. Es kann jederzeit alles passieren.
Entweder ich komme zurück und sie ist wach. Oder das Bett ist leer.
Es hat aufgehört, nur um mich zu gehen oder ausschließlich um sie. Ich weiß nicht, was sich geändert hat. Bisher war ich nur an ihrem Sterben beteiligt und jetzt bin ich bei ihrer Heilung dabei, vielleicht ist es das. Dass die Schuld abnimmt, wenn sie zurückkommt, oder dass ich das wenigstens glaube, ich weiß nicht.
Jedenfalls verteidige ich diesen Menschen wie noch nie etwas oder jemanden in meinem Leben zuvor.
Die Genesungsfortschritte sind gut, sagen sie. Ich weiß nicht, ich habe ja keinen Vergleich. Wir sind ihnen und dem Professor mit seinen »Tanzstunden« ausgeliefert wie Kinder.
Außerdem ist auch mir selbst und meinen Motiven in keiner Weise zu trauen.
Wieder ein Zettel zwischen Annas Händen. Ein Kuvert. Wer schreibt diesmal.
Für Herrn
Weyrath/Herrn Kainz.
Er öffnet. Anna schaut zu.

»Zeigen Sie ihr doch dieses Foto und sie wird munter.
Und Sie selbst, sind Sie jetzt wach?
Sie möchten mich sehen? Können Sie. Ich fotografiere auch gern. Wir haben vieles gemein. Sie sehen mich: Morgen, 13 Uhr. Am Ort des Fotos.«
Jetzt sieht er das Foto. Ein Ausschnitt von einem Film. Schwarzweiß, es ist Nacht. Eine Straße. Ein Auto, das sich überschlägt und mit dem Fenster an die Leitplanken prallt, auf dem Weg über die Böschung. Doch so weit ist es noch nicht. *Da leben sie noch*, ist in das Foto geritzt. Über dem sich überschlagenden Wagen heißt es auf einem Schild: INNSBRUCK OST.
Unter dem Schild und schon etwas entfernt fährt ein zweites Auto aus dem Bild.

13 Uhr. Und was kann er denn wollen, jetzt, nach einem Jahr.
Wenn er so weitermacht, macht er sich doch auch strafbar. Also wo will er mich haben.
13.15 Uhr. Er kommt nicht. Ich kann hier nicht warten, es ist zu gefährlich und außerdem fällt es auf. Warnblinkanlage und Dreieck. Eine Panne vortäuschen für den Fall, einer kommt und erkennt mich.
14 Uhr. Der spielt mit mir und studiert, was ich noch alles für ihn zu tun fähig wäre vielleicht.

3. Dezember.
Es gibt keinen Gedanken mehr, der nicht an sie gedacht wäre.
Ich überlege sogar, mich zu melden, mich selbst anzuzeigen, was kann schon geschehen. Vielleicht will er das. Aber nicht jetzt, und das soll keine Ausrede sein. Denn jetzt braucht sie mich wie nie mehr sonst. Und ich brauche sie, wie ich noch nie einen Menschen nötig gehabt habe. Ich bin ihr behilflich dabei, wach zu werden, ich

reiße an ihren Armen herum und quäle sie täglich mit Licht, auf der Suche wenigstens nach einem Reflex. Und wenn ich sie soweit habe, wenigstens für Sekunden die Augen zu öffnen und sie mich von weit weg ansieht, kommt sofort jedes Mal diese Angst, sie erkennt mich und weiß alles, und dass sie dann auf mich zeigt und zum ersten Mal etwas sagt: Der war es, der hat es getan. Damit kann ich nicht umgehen. Was auch egal ist, munter werden muss sie und aufwachen wird sie, das weiß ich.

9.12.
Die Frau vom Nachbarbett hat über dem Kopf ihres Sohnes ein Mobile angebracht. Luftballons, die wie Fußbälle aussehen.
Er ist Tormann, sagt sie.

24.12.
Als ich heute zu ihr kam, war auch über ihrem Kopf ein Mobile. Ein Brief, der sich durch ihren Atem bewegte. Keiner wusste, wer ihn dort angebracht hatte. Man glaubte an ein Weihnachtsgeschenk von mir für Anna.
Ein Kuvert. Wieder ein Foto.
»Verzeihen Sie mir, ich war leider verhindert (der Apparat war defekt). Und ich musste doch fotografieren. Wie ist es geworden, trotzdem? Aber sehen Sie selbst.«
Also war er doch dort. Und hat mich fotografiert. Das bin ich.

Februar.
Sie ist Kunsthistorikerin, weiß ich jetzt. Sie studiert Kunstgeschichte. Hier in Innsbruck.
Von meinem Pflegeverhältnis zu ihr leite ich ein gut zu begründendes Auskunftsrecht ab. Die Idee dazu kam von Korenz. Auf der Hochschülerschaft hat man sie im

Computer. Kunstgeschichte, seit zwei Semestern nicht mehr eingeschrieben, davor zwei Semester Medizin.
Seit Wochen quäle ich mich durch alle möglichen Vorlesungen, etwas davon wird sie gesehen haben, und vielleicht lerne ich dort jemanden kennen, den sie gekannt hat.
Der Professor macht Schlaf- und Interessentests an ihr, ohne nennenswerten Erfolg, seit drei Tagen bin ich dabei.
Er schnallt dabei ihren Kopf an einer Halterung fest, jede Bewegung der Augen ist eingeschränkt auf geradeausschauen, Augen auf, zu, mehr gibt es da nicht.
Vor dem rechten Auge ist eine Kamera angebracht und am Videoschirm neben dem Bett ist die Pupille zu sehen, der ganze Schirm nur ihr Auge.
Dann werden Bilder eingespielt und die Pupille geht auf oder verengt sich. Oder bleibt gleich.
Aber dieser Test ist nicht spezifisch und daran krankt er auch. Bilder von Briefmarken, Heublumen, Uniformen, das kann sie nicht interessieren.
Dr. Kranz fordert Geduld. Und wenn ich nicht warten kann, muss ich weg, droht er.
Aber doch hat er heute Zeit gehabt und endlich zugestimmt. Statt der Blumenbilder werden ihr von nun an Bilder von Kunstwerken gezeigt, alles, was ich am Institut ausborgen konnte. Und tatsächlich, er ist extra noch einmal gekommen, nur um mir die Auswertung des Pupillenbefundes zu zeigen. »Sie hatten recht. Jetzt haben wir ihr Interesse. Und den Beweis, dass sie irgendwie da ist oder nicht weit entfernt, und diese Bilder also abstrakt erkennen kann.«
Jetzt weiß ich auch, was mit ihr reden. An ihrem Bett stapeln sich Kunstbände, die ich mit ihrer Hand abtaste. Ich halte ihr die Bilder vor das Gesicht und lese aus den Büchern laut vor oder erzähle ihr von den Vorlesungen,

die ich besuche und rede über die Professoren dort, die sie ja kennen muss.
Von der Rettung aus machen sie wieder Druck. Jeden Tag zwei, drei Anrufe mit der Bitte oder Aufforderung, wieder Nachtdienste zu machen. Wozu hätte ich dann Urlaub genommen. Ich bin überzeugt, die wollen mich dort wieder klein. »Du hast dich da in etwas verrannt. Lass dir helfen.«
Die wollen mich wieder bei Fuß.

19. 2.
Ich habe mich auf die Jahre eingestellt, von denen der Doktor gesprochen hat. Alles andere macht nur die Erwartungen groß.
Heute war sie beinahe soweit: Sie sieht ein Bild, eindeutige Reaktion in den Augen, noch dazu hebt sie den Finger und gleichzeitig geht auch der Mund auf, als ob sie etwas erkennt oder sagen will und dabei ist, es auch zu tun. Um es im gleichen Augenblick wieder zu lassen.
Und was sie noch alles an ihr machen. Als wäre sie tatsächlich ein Gegenstand, ein Gerät, einschalten, ausschalten, es funktioniert nicht, Herr Weyrath, aber es wird schon, Geduld.
Ich habe mir überlegt, sie zu mir zu nehmen, hier geschieht ja doch nichts Entscheidendes mehr. Aber das geht nicht, ich muss wieder arbeiten.
Diesen Gedanken habe ich immer öfter. Ohne es zu merken, habe ich mir diese Wohnung zum Nest gemacht. Um jetzt auf Brautschau zu gehen.
Was ich vorhabe, weiß ich nicht, ich weiß nur, ich habe etwas vor.

21. 2.
Seit heute wieder Arbeit. Es geht das Gerücht, ich sei krank.

Nachmittags Vorlesung, ich versuche immer noch, jemanden zu finden, der sie kennt.
Am Abend dann Mils, am Bett neben dem Tormann, der ja keiner mehr ist.
Aber sie kennt mich jetzt und nimmt mich wahr, zumindest sagt das die Schwester. Untertags, wenn ich nicht da sei, nähmen die Krämpfe zu. Überhaupt sei sie zunehmend unruhig.

23. 2.
Der Tormann ist aufgewacht. Er hat niemanden erkannt und wird keinen mehr jemals erkennen, hat mir seine Mutter beim Abschied gesagt.

23. 2.
Ich muss mit jemandem reden.

2. März.
Jede Fahrt nach Mils ist immer noch ein Ereignis, Vorfreude auf etwas, das kommt, ich bin sicher.
Bei ihr sitzen, ihren Atem spüren und sie dabei berühren.
Auch sie ist jetzt ruhig, sie krampft nicht mehr, sagen die Schwestern. Sie hält sich an mir fest, das ist ein Unterschied.
Dasitzen, stundenlang, ohne ein Wort, bloß da zu sein, nebeneinander.
Ich habe vorher nicht gelebt.

5. 3.
Sie haben ihr die Haare geschoren. »Aus hygienischen Gründen.« Und was ich darüber so aufgebracht sei.
Sie verstehen nicht, ein geschorener Kopf kann doch hier alles bedeuten. Kann sein, sie ist morgen weg. Meine

Erregung ist ihnen unverständlich, und das verstehe ich nicht.
Es ist ihnen nicht mehr zu trauen.
Sie machen immer noch diese Tests.
Heute kam mir der Gedanke, dass sie nicht irgendwelche Bilder, sondern sich selbst sehen soll. Aber so geschoren, wie sie ist, geht das jetzt wieder nicht.
Kranz hat bei der Rettung Erkundigungen über mich angestellt. Er habe nach meinem »sozialen Umfeld« gefragt.
Ich mache mich selbstständig, meint er, und das ginge nicht.

Herrn
Weyrath (Rettungsfahrer)
Innsbruck

Herr Weyrath, Sie kennen mich nicht und würden mich nach all dem, was geschehen ist, auch nicht wiedererkennen.
Sie haben mir vor einem halben Jahr auf einer Innsbrucker Straße (in einem Tunnel) das Leben gerettet.
Dafür kann ich Ihnen nicht genug danken, denn mein Leben ist seither – und nicht nur hier in Spanien – jeden Tag schön.

In der Zwischenzeit rede ich auch, wenn ich tatsächlich allein bin, auf sie ein. Unabhängig vom Ort habe ich sie immer bei mir. So ist sie mir immer verfügbar. Ich habe sie adoptiert, irgendwie. Und sie kann nichts sagen dagegen. Was mich nachdenklich macht.

So steh endlich auf jetzt, Anna, verdammt.

11. 3.
Ich dachte mir schon, es läuft darauf hinaus.
Man hat sie von mir isoliert. Ein leeres Bett, als ich hinkam. Erst der geschorene Kopf und jetzt das. Ich glaubte ihnen gar nicht, dass man sie nur in eine andere Abteilung verlegt hätte.
Aber dass sie mir nichts gesagt haben und mich nicht vorbereitet haben darauf. Und diese Beschwichtigungen durch die Schwestern. Man mache einen neuen Test mit ihr und dazu müsse sie völlig abgeschirmt sein. Lächerlich.
Der Herr Professor hat dann aber doch Klartext gesprochen. Er sei für mich von nun an, wenn überhaupt, so nur noch telefonisch zu haben. Sein Problem sei nicht Anna. Ich sei das Problem.
Und was sei ich denn auch so fixiert, meine dauernde Anwesenheit sei zu einer Störung in seinem Behandlungsablauf geworden, die Schwestern fühlten sich überwacht, und ich machte das Problem eines anderen und noch dazu mir völlig fremden Menschen zu meiner Angelegenheit und das in einem Maß, das bedenklich sei, und das sei nie gut und das mache ihm Sorgen, und was immer auch meine Motive gewesen sein mögen, er habe mir zu danken, die ganze Station sei mir im Namen der Anna Kainz aufrichtig zu Dank verpflichtet.
»Aber doch, bevor wir alle hier endgültig in diesem Fall die Hoffnung aufgeben müssen, versuchen wir es noch einmal ohne Sie.«

Sagen Sie, Sie bringen mich doch jeden Tag auf die Isotopenstation.
Ja.
Meine Milz ist doppelt so groß wie sie sein soll. So wird sie bestrahlt, dass sie schrumpft. Wenn aber die Milz schrumpft, kann es da nicht auch sein, ich meine, dass

ich mitschrumpfe dabei, verstehen Sie, sagen Sie ehrlich, davor habe ich Angst.
Nein.

22. 3.
Nach allem, was geschehen ist, soll ich kein Angehöriger sein, was stellt der sich vor.
Aber vielleicht hat er recht und ich stehe es wirklich nicht durch. Ich gehe immer noch davon aus, sie wird wach. Das macht ungeduldig und das stört, das verstehe ich.
Anna mir völlig fremd, unerhört. Ich bin Anna. Aber das kann er nicht wissen.
Zehn Tage jetzt ohne Nachricht, die Schwestern dürfen nichts sagen. »Auskunftsverbot.« Und das heißt, zehn Tage wie unter einem Urteil oder einer Krankheit, die erst noch ausbrechen wird.
Ich nehme nichts mehr wahr, das von außen kommt, und bin unerreichbar für jedes Gespräch, im Umgang mit den Kranken ergehe ich mich in Gewohnheiten.
Bei der Rettung sieht man meine Veränderung mit freundlichen Augen. »Endlich hat er diese übertriebene Fürsorglichkeit abgelegt.«
Der Professor hat recht, ich bin völlig fixiert.

Tun Sie mir einen Gefallen?
Herr Egger, Sie wissen, dass ich Sie mag. Was soll ich tun?
Überfahren Sie mich.

24. 3.
Heute bei Kranz. Es hieß, er sei auf einem Kongress.
Ich sage ihm alles. Dann weiß er, warum ich zu ihr muss.

Was das ist, fragen Sie, junger Mann? Mein Fuß ist das, sage ich Ihnen. So ist das. Sie heben mich in das Bett und reißen mir dabei einen Fuß aus.
Erschrecken Sie nicht, ich verspreche, es keinem zu sagen.
Haben Sie wirklich nicht gewusst, dass ich eine Prothese trage, sieht man das nicht?
Ich bin eine Eidechse, müssen Sie wissen. Und die werfen, wenn sie in Gefahr sind, den Schwanz ab.
Bei mir ist es der Fuß. Den werfe ich, wenn mir zum Davonlaufen ist, hin und wieder einmal ab. So wie jetzt.
Um in Übung zu bleiben, verstehen Sie.

Herr Weyrath?
Mit wem spreche ich, hören Sie, es ist vier Uhr früh.
Hier Sanatorium Mils. Herr Weyrath, können Sie kommen?
Schwester Thea spricht, dritter Stock, Sonderabteilung.
Es ist dringend.
Also doch, endlich, ich bin wieder da. Aber jetzt, vier Uhr früh, diese Zeit? Was können die wollen, egal, sie wollen etwas, das genügt.
Vielleicht ist sie wach. Keine Hoffnungen jetzt, dass es sich nicht wiederholt, so wie damals, beim Rückfall.
Vielleicht ist sie wach. Vielleicht wartet die Polizei. Auch egal. Vier Uhr früh, Innsbruck, Mils, Herr Weyrath, können Sie kommen, egal, was jetzt kommt, ich bin wieder dabei.
Ich spüre, es hat sich etwas verändert. Das bilde ich mir ein. Auch egal. Und doch hat sich etwas geändert. Der Vogel, der in der Nacht gegen das Fenster flog, liegt nicht tot auf der Erde.

Dritter Stock, sagt die Schwester. Aber doch, zuerst schaue ich in die Komastation, kann sein, die wollen mich testen.
Kein neuer Patient und ihr Bett immer noch leer.
Zweiter Stock, dritter. Da ist die Schwester.
Gut, dass Sie kommen. Entschuldigen Sie die frühe Zeit. Herr Weyrath, Sie werden sich freuen.
Wo ist sie.
Setzen Sie sich zum Tisch, an den Bildschirm.
Was ist mit ihr, frage ich Sie, ich möchte sie sehen.
Das können Sie. Schauen Sie auf den Schirm.
Jetzt ist sie zu sehen. Ihr Kopf, die offenen Augen.
Sieht sie uns, schaut sie uns an?
Sie sieht sich selbst. Am Bildschirm. Das war *Ihre* Idee.
Sehen Sie:
Ihre Augen gehen ungläubig über den Schirm. Sie erkennt sich. Sie tastet sich ab. Die Hände kommen ins Bild. Die Finger berühren den Kopf und tasten den Hinterkopf ab. Sie sucht eine Wunde. Sie schaut wieder ins Bild. Die Finger sind an den Augen. Sie zuckt und erschrickt und drückt die Augen fest zu.
Nichts mehr jetzt, lange.
Sie öffnet sich mit den Fingern die Augen, macht den Mund auf und schaut sich in den Mund. Der geht zu. Sie hält sich mit beiden Händen den Kopf und hebt ihn auf. Es ist möglich.
Jetzt legt sie ihn wieder zurück. Und dreht ihn nach beiden Seiten.
Es ist möglich.
Zeitlupe alles.
Sie schließt die Augen.
Aus, lange.
Die Augen gehen auf. Der Mund lächelt. Die Hände kommen ins Bild.

Sie winkt sich zu. Lächelt. Und winkt sich zu.
Das ist eine Aufzeichnung, Herr Weyrath. Sie können jetzt nicht zu ihr. Sie schläft. Aber sie wird wieder wach.

Sie ist wach, sie ist aufgewacht, sie ist munter geworden, sie ist munter, jetzt schläft sie, und doch, sie hat ausgeschlafen. Endgültig aufgewacht, auferweckt, auferstanden, hellwach und also lebendig, am Leben, ich bin aufgewacht, ich bin mit ihr munter geworden, der Traum ist jetzt aus, es ist Tag.

2. April
Ich halte mich in allem zurück, so wirke ich wieder gefasst. Den Kontakt mit ihr habe ich bisher vermieden, was soll ich auch sagen und wie stelle ich mich vor, guten Tag, ich habe Ihre Eltern getötet?
Sage ich Sie oder du, ich weiß gar nichts.
Alles Ausreden, ich bin mir ja klar, es ist Feigheit.
Die letzten Tage (Nächte) mit Korenz. Sehnsucht, mich ihm anzuvertrauen. Er scheint an meiner Sache mehr interessiert, als er zugibt, also sage ich nichts.
Eigenartig, je weniger er sagt, desto entdeckter fühle ich mich.
Der Herr Professor ist wieder zurück. Es war, wie ich dachte, während der Isolation hat er mit den Stimmproben, die er von mir genommen hat, an ihr gearbeitet. Sagt die Schwester (die wieder sprechen darf). Und deshalb ginge Anna jetzt etwas ab, wenn ich nicht käme, da sie auf meine Stimme fixiert sei und man ihr nicht gut sagen kann, dass über Wochen eine Stimme auf Band mit ihr geredet hat.
Kranz rief heute selbst an und entschuldigte sich für sein »zugegebenermaßen brüskes Verhalten« mir gegenüber, es habe allerdings »im Interesse der Patientin gelegen

und sei therapeutisch unerlässlich« gewesen, sie zum damaligen Zeitpunkt von mir abzuschotten.
Jetzt solle ich aber doch wieder zu ihr, und warum ich mich weigere zu kommen. Meine »Verstocktheit« sei völlig unangebracht, ich sei ein »eigenartiger Charakter, der die Lust schnell an einem Spielzeug verliert«, und überhaupt sei ich ein Vater, der sein Kind nicht sehen will. Was bestrafe ich mich aber auch wirklich mit diesem Besuchsverbot, das ich mir auferlegt habe, und eine Strafe ist es, denn sehen muss ich sie, dafür lebe ich ja seit diesem Tag.
Annas Aufwachen hat aber nun doch schlagartig alles geändert. Was nur gut ist, denn so muss ich mich stellen. Es geht um die richtige Form einer Annäherung. Also warte ich ab.
Sie ist nicht mehr das »Geschöpf«, das der Professor und ich aus ihr machten, in meinem Kopf wenigstens ist sie das nicht mehr, uns völlig ausgeliefert, meine Hände haben sie zur Marionette gemacht, der Professor hat chemisch geholfen.
Sie war sein Revier, deshalb auch seine Reaktion, als ich ihr zu nahe kam.
Wo er sie haben will, hat er sie jetzt. Sie ist wach. Sie interessiert ihn nicht mehr. Also darf ich wieder zu ihr.
Jetzt kann sie sich wehren, das hat alles geändert. Das ist gut, aber es schüchtert auch ein.

Herr Sanitäter, der Herr Arzt sagt, morgen macht er mir Flügel. Sagen Sie, kann das sein?

4. 4.
Heute wieder mit Korenz. Da er selbst nicht fährt, bin ich gefahren. Die Anfahrt zum Lanser See ohne ein Wort, und diese Gutmütigkeit, mit der er mich ansieht, unerträglich. Und doch bin ich sicher bei ihm.

Der See ist noch teilweise gefroren, aber der Weg gut ausgetreten. Schönes Gehen.
Plötzlich dreht er sich um und sagt, auch er habe einen totgefahren. Ich frage, warum »auch«, was er meint.
Das hat doch fast jeder von uns, sagt er, Unfälle sind Teil des Berufs, und einer hat Glück, einer nicht.
Er hatte kein Glück, sagte er, und der eine stecke es weg und ein anderer nicht. Er komme nicht darüber hinweg.
Seither fahre er auch nicht mehr selbst, man habe ihn in die Leitstelle versetzt, so könne er bleiben.
Bei einem Einsatz sei es passiert, ein Kind, man habe ihn »freigesprochen von jeder Schuld«, selbst aber wird man das doch nie los.
Und lässt mich dabei nicht aus den Augen.
Inzwischen war die Sonne nur noch auf den Steg beschränkt und wir setzten uns. Ein Schwarm Tauben flog an den Anfang vom Steg.
»Und du weigerst dich hinzufahren zu dieser Kainz, die ja trotz allem noch lebt und aufgewacht ist und völlig allein ist dort, aber eben doch immerhin atmet und lebt, und du fährst nicht hin, ich verstehe dich nicht. Das heißt, ich verstehe es, aber doch wünschte ich mich in deine Lage hinein.«
Gegen Ende hin war er zunehmend durch die Tauben abgelenkt, besonders die eine hatte es ihm angetan, die alle übrigen von der Futterstelle vertrieben und die ganze Zeit auf ihnen herumgehackt hatte, bis endlich keine mehr da war.
Habe ich recht damit, sagte er, dass ich weiß, was du hast?
Dann stand er auf, ging zum Steg und erschlug die Taube mit seinem Schuh.

26. 4.
Dadurch, dass ich mich entscheiden muss, gehe ich hin oder nicht, wird sie erst langsam ein Mensch für mich. Was war sie mir bisher anderes als das Objekt einer Schuld und einer damit verbundenen Schuldigkeit, ein Teil von mir, den ich, ohne es zu wollen, zerstörte. Aber jetzt ist sie geschlüpft. Aus meiner Haut geschlüpft, die zu eng war.
Jetzt kann ich zu ihr.

Du musst dir das vorstellen, sagt er, ein Kind.

Jetzt bin ich auch endlich wieder auf gleich, beide Beine, was sagen Sie, Herr Weyrath, wie sehe ich aus? Die wird staunen im Heim, die Damenwelt dort.
Ich weiß nicht, Herr Lehmden, wissen Sie eigentlich, dass man Sie im Heim den Hürdenläufer nennt?
Hürden ist gut, ja. Wenn ich einmal nicht mehr gehen kann, werfe ich noch die Krücken drüber und krieche unten durch. Und jetzt bin ich endlich wieder auf gleich, rechts und links, sehen Sie, vor vier Tagen abgeschnitten, der rechte diesmal, so bin ich jetzt wieder auf gleich. Es verheilt sich auch gut, muss es auch, ich gehe ja zum Chirurgen wie andere zum Friseur, dass man doch wieder nach etwas aussieht, nicht wahr.

Wenn ich irgendwann tatsächlich zu ihr hinfahre, fährt er mich, sagt er.

29. 4.
Jetzt.
Eigentlich ist es Sommer. Die Kastanien voriges Jahr sind das Letzte, das ich von einer Jahreszeit, die nicht Winter ist, in Erinnerung habe. Und jetzt ist es warm und der Frühling fast wieder vorbei.

Der Park ist gut angelegt. Obwohl ich Parks hasse, die um ein Krankenhaus freundlich herumblühen.
Wie sie dasitzen, frische Blätter, es blüht heuer früh, allein und zu zweit, und sich an den Händen halten und sich gegen die Krankheit verbünden. Als wäre das alles nötig, um sich zu berühren.
Von hier aus sieht Mils anders aus, von Eintönigkeit keine Spur. Bisher bin ich immer über den Rettungseingang gekommen. Über den Lieferanteneingang.
Der Teich ist wieder gefüllt. Wo sie die Fische im Winter hintun? Wie lange bin ich nicht mehr geschwommen.
Gelebt habe ich trotz allem erst die letzten anderthalb Jahre. Gerade eben dadurch. Und dabei nach außen hin völliger Stillstand in allem. Eigentlich wurde ich dabei der glücklichste Mensch.
Und diese langsame Annäherung jetzt. Bloß woran? Das braucht Zeit. Und was kommt?
Es stimmt ja, ich möchte nicht Korenz sein, der kann keinen besuchen, für den gibt es kein Mils. Und doch bin ich auch irgendwie Korenz, wenn man bedenkt, ihre Eltern.
Die Rettung sagt, die Toten rechnet man nicht, solange noch Leben da ist.
Es ist alles so ruhig, bis auf den Wind in den Blumen, und ich selbst, wie in Trance. Wenn ich wüsste, sie erwartet mich jetzt, ich könnte nicht kommen, unmöglich. Wenigstens die Überraschung brauche ich auf meiner Seite.
Wie die alle hier gehen, wie unter Einfluss, die Schwestern auch, tote Augen, die irgendwo nach einem suchen, der erst noch kommen soll.
So ist alles gut, ich kann nicht mehr zurück. Man sollte sich nie auskommen können, von vornherein nicht.
Jetzt irgendwann bald sehe ich sie, und im Stehen, aufgerichtet, aufrecht, hoffe ich, bisher kenne ich sie ja nur als

eine Puppe, im Liegen, ich werde sie sehen: Sie sind das, für alle hier sind Sie der Herr Kainz, das also sind Sie? Ich bin das, ja, das bin ich, Sie gestatten, Ihr Mörder, und der Ihrer Eltern.
Fürchten wir uns voreinander? Anna, du brauchst dich nicht fürchten, du hast überlebt. Alles Weitere hängt nur von dir ab, ich hänge von dir ab, heißt das, von deiner Einsicht und von deinem Schweigen, wir werden gute Komplizen, du wirst sehen.
Was habe ich getan, sag, deine Eltern liegen auf dem Friedhof, was kümmern uns deine Eltern, du bist da, du hast überlebt, ich bin da, ich habe auch überlebt, die Zeit bis zum Unfall und seither, wir gehören ganz einfach zusammen.
Ich kenne dich ja, denn ich habe dich gepflegt, jeder Teil deines Körpers ist mir bekannt, und in deinen Kopf wirst du mich führen. Ich zeig dir den meinen. Stoßen wir an auf uns, Anna.
Herr Kainz, das sind Sie? sagtest du. Das bin ich. Die haben mich hier dazu gemacht. Ich selbst habe mich dazu gemacht. Wenn du nichts dagegen hast, bleibe ich es auch. Kurt Kainz, warum nicht, gelegentlich Mörder.
Ich mache es nicht zur Gewohnheit, das verspreche ich, Anna, und ich bin gut im Versprechen, wir sind füreinander gemacht.
Sag doch was, küss mich, nimm mich am Arm, und wir gehen hier zwischen den Toten spazieren.
Ich werde mich dir erklären, auch förmlich, wie immer du es von mir haben willst. Ich werbe um dich, Anna.
Ob du das merkst?
Wir sind füreinander gemacht.
Du brauchst Zeit, das verstehe ich, die habe ich gehabt. Du hast lange geschlafen. Aber jetzt bist du wach. Ich

habe deinen Traum ausgelebt, Anna, während du ihn geträumt hast.
Ich habe dir deinen Schlaf in die Augen gestreut damals, 17. August, du erinnerst dich, seither hast du nur davon geträumt. Du bist mein Dornröschen, kennst du Dornröschen? Die hat hundert Jahre geschlafen. Dagegen sind wir bescheiden. Anderthalb Jahre.
Wir sind in ein Märchen gegangen und dort eingeschlafen, von einem Tag auf den anderen, seither sind wir verschwunden und für alle anderen weg, aus der Welt. Nur für uns sind wir immer noch da und haben dort, wo wir waren, voneinander geträumt. Und jetzt wachen wir auf, und das tun wir gemeinsam, unser Märchen hört jetzt hier auf und den Rest erfinden wir erst.
Zweiter Stock, dritter, Sonderstation.
Was heißt das, Frau Kainz ist nicht mehr bei uns, wo habt ihr sie hingebracht, was habt ihr mit ihr gemacht?
Vor allem sind *Sie* nicht gekommen, Herr Weyrath. Der Professor hat Sie gebeten, die Schwestern haben Sie dreimal verständigt, und jetzt ist sie weg. Sie gehörte auch nicht mehr hierher. Sie ist munter geworden, also was soll ich Ihnen sagen. Ich gebe Ihnen eine Empfehlung, Herr Weyrath, versuchen Sie es bei unserer Außenstation.
Wo ist die, Ihre Außenstation?
In Natters, als Rettungsfahrer müssen Sie das doch wissen. Aber lassen Sie das arme Mädchen am besten in Ruh.
Natters also, warum Natters. Natters ist eine Heilanstalt. Lungenheilanstalt. Aber doch nichts für ein Koma, ich verstehe das nicht, sofort hin, ich stelle mich jetzt, und zwar ihr, anders hat dieser Irrsinn endgültig keinen Sinn.

Diese offene Ebene, Sonnseite, hier hält sich die Kälte nicht, und wir darauf, die zwei Punkte. Der Feldweg zwischen uns hält sich aus allem heraus.
Kein Wind, nichts. Man entkommt sich nicht.
Man bewegt sich.
Sind wir es?
Sicher ist, es sind Enten, die über uns schreien.
Irgendwo weint ein Kind.
Man weiß nicht, was tun.
Sie geht nicht. Ich gehe. So nähert man sich.
Ich sehe, es ist eine Bank, es ist direkt am Felssturz.
Wie lange noch, und ich bin dort. Kein Hindernis, freie Sicht. Weiden.
So gehe ich ihr unter die Augen.
Sie ist es, es ist ihr Gesicht.
So nimmt man sich wahr.
Wir wissen, wir sind es.
Sie ist rot von der Sonne.
Aber was sagt sie denn nichts.
Kein Schlaf in den Augen. Nicht diesmal. Nicht jetzt.
So ist es doch wahr.
Wir haben in unsere Geschichte gefunden.
Ihr Mund lächelt eine Begrüßung.
Wir wissen, was tun.
Gehen wir, schreibt sie.
Sie gehen in ihre Geschichte. Sie steht auf und sie kann es, sie steht auf und kann gehen, wie geht sie denn, er hinter ihr, denn er möchte sehen, wie sie geht.
Gemeinsam. Zu zweit. Nebeneinander.
Freundliche Weiden, sie lassen uns durch.
Mensch Anna, ich möchte, wir jagten jetzt bis zum Umfallen über das Feld, du voran, denn ich möchte dich sehen.
Man hat es Ihnen also nicht gesagt?
Ich kann nicht sprechen, schreibt sie.

Und er kann nicht tun, als habe er nicht gehört, denn blind ist er nicht, weiß sie.
Ich weiß gar nichts, nein, sagt er.
So stehen sie jetzt.
Man lächelt. Also ist man nicht tot. Man kann gehen. Gehen wir?
Kleine Schritte. Sie nimmt seine Hand.
Du? Schreibt sie.
Er nickt.
Und dann lächeln sie beide und sehen sich grinsen, verschmitzt, wie wider Willen, und lachen laut über die Felder und jagen sich über die Äcker bis an den Wald und durch den Wald durch und wieder heraus, sie laufen davon voreinander und fangen sich ein und lassen sich fangen, wie Kinder, wer fängt dabei wen, wer hält still, sie wechseln sich ab, das Lachen immer noch ohne Atem, Kurt, lauf doch, ich habe so lange gewartet, er hat sie vor Augen, wovor läuft sie davon, Kurt, so kommt man dem Sterben aus, lachend, wem läufst du denn nach, weißt du das.
Sie sind unsterblich, wir sind unverwundbar, Kurt, sie lässt sich fangen, ihr Mund fliegt ihm übers Gesicht, die geöffneten Arme, in die sie hineinfallen wie in ein Ziel. Von sehr weit verteidigt ein Bauer schreiend den Acker, in den sie sich eingegraben haben, gegenseitig, und in dem sie jetzt aufgehen als Blumen.

Ich weiß nicht wirklich, was war, sie hatte sich für Blumen bedankt, die ich ihr angeblich täglich habe kommen lassen in der Zeit meiner Abwesenheit und die ihr die Schwestern immer nur für Minuten im Zimmer gegönnt hätten.
»Im Namen von Herrn Weyrath. Alles Gute.«
Ich sage noch, ich weiß nichts von Blumen, die Schwestern hätten mir das abgewöhnt.

Woraufhin sie völlig verhärmt und sich anspannt wie vor einem Anfall, völlige Verweigerung von da an, sie ist unerreichbar, der Mund, wie er vielleicht in zehn Jahren sein wird. Zwecklos, etwas zu sagen.
Dabei war es bis dahin der Himmel, Auferstehung der Toten, ein Gott schien Erbarmen zu haben. Dann das.
»Wer bist du dann, sag.«
Ja, wer bin ich.
Plötzliches Hundegeheul, wie von wahnsinnig gewordenen Hunden, dem nicht auszukommen ist, wohin wir auch flüchten.
Im Gehen pflücke ich ihr wilde Narzissen, aber nichts wird davon wieder gut.
Ihr Zimmer, im Nebenhaus, kirchlich steril, ein Bett und ein Kreuz. Aber junge Bäume im Fenster.
Ich soll wiederkommen, schreibt sie.
Immerhin.

»Diagnose: Partielle Aphasie. Wortstummheit, sagt man den Kranken. Es kann bleiben, ebenso aber vergehen. Ich versuche zu sprechen, spreche aber ausschließlich mit mir selbst. Die weiten Felder hier sind ideal, so weiß man, keiner hört mit.«
Wir gewöhnen uns aneinander. Wir werden uns eine liebe Gewohnheit. Ich besuche sie täglich. Ich darf auch mit Blumen kommen. »Aber nur selbst gepflückte.«
Weite Spaziergänge, Natters, Mutters, wieder zurück, die Bauern kennen uns schon.
Aber doch bin ich immer noch auf der Hut, ich weiß ja nie, sie kann jeden Augenblick alles fragen. Die Schweißausbrüche sind aber doch seltener jetzt.
Der Föhn trieb uns von der Ebene weg. Dann endlich im Wald eine Bank, zu der uns das Winseln eines Hundes geführt hat.

Ein total zerbissenes Hundejunges, nassgeleckt, unter der Bank. Seine Mörder saßen daneben und bettelten uns unschuldig an.
»Eine Hundezucht«, schreibt sie, »das Schlimmste an Natters sind diese Hunde.«

3. Juni
Seit Wochen Natters. Dieselben Wege. Trotzdem weigert sie sich, den Ort zu verlassen.

16. Juni
Aber wir können uns ja so nicht bis zum Tod wiederholen. Schweigemärsche. Mehr ist das nicht.
Sie bestraft mich.
Heute auf offenem Feld: »Bist du ein Heiliger?«

Was weiß sie, was macht sie mir vor. Und warum will sie nicht von hier weg.
Und vor allem, weshalb fragt sie nie nach den Eltern.

4. Juli
Wieder am Felssturz. Nachmittag. Hitze. »Ich habe Höhenangst«, schreibt sie, »die Tiefe geht tatsächlich weg, wenn man lange hinabschaut.«

11. 7.
Sie hat mich mit Blumen erwartet. Ein Zettel: »Im Namen von Frau Kainz. Alles Gute.«
Sie weiß alles.

17. 7.
Die sechs Tage jetzt war ich nicht dort, aber auch das ist ja nicht zu ertragen. Dasitzen und sich überlegen, was sie vorhaben könnte oder im Begriff ist zu tun, und

nichts tun können dagegen, ist noch ärger, als es direkt von ihr zu erfahren.

Auch die Arbeit ist nicht mehr auszuhalten, ewig diese Alten und Kranken und keiner, der nicht einen Schmerz hätte und sich darüber nicht ausklagen wollte bei mir.

Kurt,
jedes Mal, wenn ich dich sehe oder, wie jetzt, an dich denke, gehst du mir ab danach.

Komm.

Ich kann nicht reden, Kurt. Aber ich höre gut.
Hast du nicht etwas zu sagen, gar nichts?

Und dabei seit Wochen täglich Sprechtherapie.
»Fortschritte? Ja, ich komme voran.«
Aber was sagt sie zu mir nicht ein Wort.

Wir brauchen uns, aber wir brauchen uns auf.
Bis nichts mehr übrig ist. Aus.

Das Sprechen behalte ich mir für die Fragen vor.

Unter Zwang jeden Tag Innsbruck Natters, trotz allem eine Art Freude, es wird heute anders sein. Und dann beim Anblick von ihr plötzlicher Ekel, seit Längerem schon.

Was tun wir uns an?

Auch in den Kleidern wiederholt sie sich, wie könnte es anders sein. »Eine Kollekte der Milser Schwestern. Die trage ich auf.« Sie hat es also gemerkt.

Wo bist du nur, Kurt. Ich bin munter geworden. Und du merkst es nicht.
Ich warte auf dich, jeden Tag. Immer.
Auch wenn du bei mir bist, warte ich auf dich.

Ich komme ihr nicht mehr aus. Ich komme mir nicht mehr aus. Was ich brauche, ist jetzt Distanz. Aber wie denn. Idiot.

Sag doch was, Kurt. Du weißt, ich warte darauf, dass du mir etwas sagst.
Was sagst du mir. Was wirst du mir sagen?

Sie hat ja recht, und warum denn auch eigentlich nicht, dann also heute jetzt hier, ich sage es, um es los zu sein, endlich, ich habe dir etwas zu sagen. Anna.
Was denn, Kurt, was hast du zu sagen.
Wie es war. Ich sage dir jetzt, wie es war. Alles.
Wie es war? Alles?
Was war.
Du weißt, was war. Aber ich sage es dir. Dein Unfall ist auch der Unfall von einem Zweiten gewesen.
Der Unfall ist jetzt nicht wichtig.
Sag mir, was kommt. Was wird kommen?
Aber das hängt doch von dir ab, ausschließlich.
Von mir? (Nicht von uns?)
Sag mir, warum du das alles hier mit mir tust.
Kann ich fragen?
Ist es zu früh?
Es ist noch zu früh. Und dass ich feige bin, weißt du jetzt.
Und ich für mein Teil kann nicht einmal sprechen. Ich kann also nichts sagen. So haben wir Zeit, beide?
Die haben wir.

Sie will es nicht hören. Ich will es nicht sagen. Wir ergänzen uns gut.

So sind wir jetzt also Komplizen.

Mir ist klar, wir verwenden einander, wir verzwecken uns, und habe dabei keine Ahnung, wobei ich ihr dienlich sein könnte.

Wir brauchen Zeit. Und die haben wir, sagst du. Wir bereiten uns vor. Wir müssen uns darauf einrichten.

Was bereiten wir vor. Anna.
Nicht jetzt. Es hat Zeit.

Korenz fährt wieder mit dem Auto. Seine glückliche Stimme am Funk.

Wir müssen uns in Acht nehmen, Kurt.

Abstoßende Anziehung zwischen uns, da ich nicht weiß, was eigentlich vorgeht. Von mir aus aber Zuneigung.

Du passt auf dich auf, Kurt. Versprich es.

9. August.
Natterer See. Sie geht lange voran.
Plötzliche Umarmung aus Angst.

10. 8.
Heute: »Wir verschweigen uns, Anna.«
Nichts, keine Antwort.

12. 8.
Sie hat endlich ein Radio. Am Abend Bach. Magnificat. Glück.
Was macht denn das Glück aus mit ihr, und das habe ich. Und nicht nur, weil sie nichts sagen wird.
Aber doch. Ich bin ein verlogener Hund. Und die Hunde sind das Schlimmste hier, sagt sie.

Kurt,
wir sind nicht allein.
Frag nicht.
Ich habe Angst.

Anna,
du hast ja recht damit, dass du dich meinen Zugriffsversuchen entziehst, dadurch wirst du für mich als Person überhaupt erst existent, bisher habe ich in dir lediglich einen Teil meiner Geschichte gesehen, als hättest du selbst keine gehabt.
In diese Vergangenheit willst du nicht mehr zurück.
Aber doch, wir sagen uns nichts, und so entfernen wir uns voneinander, ohne uns je richtig begegnet zu sein.
Wir kennen uns nicht, über Interpretationen und Fehldeutungen mutmaßen wir uns aneinander heran und, wie ich fürchte, aneinander vorbei. Was sagst du?
Wir sind aneinander geraten, was siehst du denn, wenn du mich siehst?
Vielleicht sind wir schriftliche Menschen, vielleicht sagt es sich leichter übers Papier.
Versuch es, ich bitte dich,
Kurt.

Aber mir geht es doch gut, ich brauche die Rettung nicht, ich verstehe nicht, was Sie von mir wollen, es geht mir blendend, ausgezeichnet, im Himmel bin ich, also las-

sen Sie mich in meinem Glück, ich fühle mich glänzend, was wollen Sie also von mir, und im Übrigen geht es mir gut.
Meiner Frau? Geht es auch gut, natürlich, was fragen Sie nach meiner Frau? Ihr geht es noch besser als mir, uns beiden geht es endgültig gut, aber ja, meiner Frau geht es blendend, uns fehlt es an nichts, wir sind glücklich, verstehen Sie, unerreichbar für alle, für alles, endgültig glücklich, sehen Sie sie doch nur an, wie glücklich sie ist, keine Schmerzen mehr, nichts, schon der Weg in den Himmel ist schön, wissen Sie, die Vorbereitung und alles, eine Wallfahrt ins Glück war es für sie, sehen Sie doch, wie sie lächelt, und dabei lächelt sie gar nicht, es sieht nur so aus. Wenn man glücklich ist, endgültig im Glück, dann lächelt man nicht, keine Zeichen mehr, nichts, wissen Sie.
Und dabei hat ja auch sie nie wirklich daran geglaubt, dass das möglich sein könnte.
Ich mache dich glücklich, uns beide bringe ich eines Tages ins Glück, habe ich ihr immer gesagt. Sie hat nur gelacht und abgewinkt jedes Mal. In das Glück, sagte sie, wie willst du das machen. Das braucht Zeit, habe ich ihr gesagt, das geht nicht von einem Tag auf den anderen, das endgültige Glück muss man schmieden, solange man lebt, und vor allem muss man es sich erst verdienen. Und jetzt ist es soweit, sie hat es sich endlich verdient.
Wann bin ich denn endlich soweit und reif für dein Glück, hat sie immer gelacht.
Heute bist du soweit, sagte ich, jetzt bist du geläutert und also reif für das Glück, für mein Glück, unser Glück, für das Glück überhaupt.
Eigentlich ist es ganz einfach, bloß eine Bewegung am Hals mit dem Kopf und es tritt ein, mehr ist es nicht. Sehen Sie, Sie nehmen sie am Kopf und drehen ihn ihr einmal kurz kräftig nach hinten, bis es knackst, hören

Sie, klickt, eigentlich, einklinken in das Glück, habe ich ihr gesagt.
Sie ist jetzt endgültig glücklich und ich bin auf dem Weg zu ihr in das Glück, davon bringen auch Sie mich nicht ab, keiner, im Übrigen geht es mir gut.

Kurt, lieber,
du nimmst an, wir sind schriftliche Menschen, wir sagen uns nichts, aber schreiben uns alles, meinst du, aber so ist es nicht.
Du hast mir etwas zu sagen, schon lange, ich weiß das, und bis ich es hören kann, glaub mir, nehme ich es als gesagt.
Auch umgekehrt muss es fürs Erste so bleiben.
Du fürchtest, wir schweigen uns aneinander vorbei, auch das ist nicht so. Und wenn doch, so war es anders nicht möglich. Keine vorschnellen Blindheiten jetzt.
Es stimmt, ich komme aus einer Geschichte, die noch lange kein Ende hat, und gehe, durch die Umstände genötigt, in eine andere Geschichte hinein. In deine.
Dort bin ich jetzt, irgendwo, und finde mich nicht zurecht.
Du hast mir Bücher nach Mils gebracht, Kunstbände.
Die Mumien, du erinnerst dich, die wir gemeinsam berührten, du hast meinen Finger über den Bildern bewegt, und wie diese Mumien liege ich, wenn ich auch wieder gehen kann, immer noch von diesen Tüchern umgeben.
Diese Binden bekommt man von innen heraus nicht vom Körper ab, dazu brauche ich dich, wenn es auch aussieht, als wehrte ich mich. Ich habe überlebt, bin aber doch immer noch wie gelähmt, durch das, was bisher mit mir war, vor dir, mumifiziert. Du weißt, wenn man die Binden abnimmt, zerfallen die Körper, so gib also Acht, aber tu es.

Gehen wir also in deine Geschichte?
Ja. Jetzt hast du verstanden.
An deine Orte, körperlich, ohne sie zu erklären?
Ja.
Womit fangen wir an?
Geh von dir aus. Es wird stimmen. Wir haben gemeinsame Orte.
Der Botanische Garten, das Haus dort. Botanikerstraße.
Weiter. Wohin gehen wir noch?
Sternwartestraße, du kannst bei mir wohnen.
Nicht jetzt, Kurt. Weiter.
Mils, Friedhof Hötting?
Friedhof Hötting also.
Und irgendwann sprichst du mit mir?
Irgendwann. An einem der Orte.
Wohin gehen wir noch?
Autobahn Innsbruck Ost.
Zur Autobahn, ja. Zum vorläufigen Ende meiner Geschichte.
Zum Beginn unserer Geschichte.
Das auch.

Sie gehen die Plätze ab, Orte, nicht Menschen, und suchen sich in der Erinnerung auf, auf der Suche nach dem, was dort irgendwann war oder gewesen sein mag.
Im Glashaus das Brausen von sterbenden Fliegen, fleischfressende Pflanzen, den Mann auf der Bank, der die Fliegen hineinwirft, kennen beide.
Er hat sie hier schon einmal gesucht, hier bin ich deine vermuteten Wege abgegangen, sagt er, erinnerst du dich an die Fotos.
Jetzt ist sie es, die sich hier aufzufinden versucht, gemeinsame Wege, zu zweit, aber nebeneinander.
Getrennte Geschichten.

Friedhof Hötting? Oder ist es zu früh?
Nur du weißt den richtigen Zeitpunkt.
Also dann jetzt.
Hier ruhen, hier ruht, schreckliche Schritte, der Kies.
Er geht ihr voraus und sie folgt, aber aus einer Entfernung. Dann bleibt er stehen. Frische Blumen.
»Im Namen von Herrn Weyrath.«
Er geht weiter, jetzt ist er entfernt.
Sie steht.
Sie treffen sich vor dem Friedhof.
Die Blumen, hast du gesehen? Schreibt sie.
Ich weiß auch nicht.
Dann wieder Natters. Kein Wort.
Du hast sie umgebracht, glaubst du, sagt sie, aber das hast du nicht. Du bist kein Mörder. Du bist ein Kind, das sich etwas zu wichtig nimmt und das grauenhaft dafür bezahlt.
Mein wirklicher Mörder lebt auch.

Sie ist wach, sie kann sprechen, sie geht, sie spricht wieder, wenn auch gebrochen, und spricht mich noch dazu frei, wozu also braucht sie mich noch, ich verstehe die Welt nicht, oder nehme ich mich wieder zu wichtig und sie hat bloß Mitleid mit mir, aber doch, sie kann sprechen und also kein Grund mehr für Natters, das heißt, sie muss weg von dort, ich sage ihr, sie kann kommen, wann immer sie will.

3. September.
Sie zieht ein.

Urlaub.

Wir kaufen ein, sie braucht Kleider, auch ich brauche Kleider, die Uniform hängt im Kasten, wir brauchen Bücher und Bilder, Galerien, wir gehen die Stadt ab, wir sitzen auf Bänken und schauen den anderen zu, wir hören Musik, wir gehen in Kirchen und sind beide nicht gläubig, und über allem und überhaupt: wir.

Sie ist eine gute Schwimmerin. Lanser See, heute, ich stelle mich tot und sie rettet mich.

Kino, zwei Filme am Tag.

Wenn wir lachen, lachen wir nach innen, aber sehen uns schon in die Augen dabei.

Jeder Tag dauert ein Jahr. Wir haben so lange geschlafen, dass wir nicht mehr müde sind, nie.

Die Tage im Garten. Wir setzen Tulpenzwiebeln für nächstes Jahr.

Auch das mit dem Reden wird kommen, wir sprechen uns aus, irgendwann, ich bin sicher.

Langsam werden wir jung.

Im Nachhinein,
Kurt, wird diese Zeit jetzt die glücklichste gewesen sein, weiß ich, im Nachhinein werden wir uns damals begegnet sein, im Nachhinein werden wir ganz einfach glücklich gewesen sein.

Mit einem Mal, jetzt, mit 33, ist die Welt sichtbar, und was zu sehen ist, lebt und macht sich mit einem Lächeln bekannt.

Aber doch, diese scheinbare Nähe in allem. Entsetzlich.

Und wie das klingt, »nimm die Binden ab, du weißt, dass dabei alles zerfällt«. Und sezieren will ich nicht.

Plötzlicher Schnee, eingeschneit, Winter. Aber wir atmen unter der Decke. Wie Zwiebeln.

Weshalb bist du eigentlich zur Rettung gegangen?
Und du, warum, glaubst du, lebst du noch?
Ich lebe *wieder,* Kurt. Das ist ein Unterschied.

Man erreicht sich nicht. Was sind wir uns denn, Ursache, Schuld, Möglichkeit für alles Weitere, ja, und für alles, was bisher war, ja.
Wir halten uns an den Händen, aber immer wieder doch nur als Beschwichtigung dafür, wieder einmal etwas nicht gesagt zu haben.

Wenn man zur Welt kommt, Kurt, so tut das eben nun einmal auch weh.

Ihre eigenen Wege nehmen auch wieder zu. »Warte nicht. Ich gehe mich suchen.«

Weyrath, ich würde mir den Kopf wegschämen an deiner Stelle. Die ganze Rettung macht sich Sorgen um dich. Und es gibt da Gerüchte. Was musst du dich aber auch wirklich mit einer Patientin. Gibt es nicht genügend Gesunde für dich?

Sie wird heimkommen, ich werde sie erwartet haben wie noch niemanden vor ihr, sie wird kommen, und nur, um zu sagen, nie mehr wird einer so wichtig für mich, dass ich mich daran sterben lasse, weißt du, nie mehr, und keiner, verstehst du mich, Kurt.

Am Nachmittag Frühling, die Wiesen sind wieder frei. In Igls brennen sie die Felder ab, über die wir gelaufen sind.

Wir kommen zur Welt? So tut es jetzt gar nicht mehr weh.

Endgültiger Schnee.

Sie lesen sich Bücher vor. So hören sie sich, ohne selbst etwas zu sagen.

Aber eben doch alles als Brüderchen und Schwesterchen, denkt er, und sagt ihr, dem Brüderchen kommen schlimme Gedanken.
Wir haben uns, wir haben einander gehabt, im Nachhinein werden wir einander gehabt haben, würdest du sagen.
Sei doch still jetzt, Kurt, spürst du nicht, wir haben uns. Jetzt.

Sie sucht sich jetzt täglich.
Kleine Eifersucht, Angst eigentlich.

3. November.
In Lans legten wir uns auf den Boden und hatten einander sehr lieb.
Frost. Blankes Eis, draußen.
Wir tauen auf.

9.–17.11.
Krank. Schönes Fieber, zu zweit.

Ich fürchte, du kommst einmal nicht mehr zurück. Du bist so oft weg.

Das kann sein. Aber dann war ich doch immerhin hier.

Zum Aufwachen gehört auch das Aufstehen, und das tut sie, steht auf und geht. Wenn sie das Haus verlässt, ist ihm, als verlasse sie ihn, und das tut sie, sie lächelt und sagt, mich habe ich verlassen, nicht dich, und will wieder zu mir zurück, das ist schwer, und finde mich dort nirgends mehr, wo ich war.
Aber doch, diese Angst, die in Natters so groß war, wir sind nicht allein, scheint weg zu sein.
Sie wächst, auch körperlich, kommt ihm vor, lächerlich, kann ja nicht sein, aber doch, auch in den Kleidern ist sie jetzt bunt, sie geht nicht mehr eng an den Häusern, sie zeigt sich, und keine Tabletten mehr in der Sprache, wenn sie heimkommt, am Abend, am nächsten Tag, und ihn wieder zum Leben erweckt.
Wenn sie geht, verlässt er das Haus nicht, er hat ja zu warten, worauf eigentlich, dass sie zurückkommt, es kann jederzeit alles passieren, was denn, Kurt, was soll denn geschehen, statt dass du dich freust, dass es mich wieder gibt.
Kränkung auch, ja, ausgenutzt, und was man nicht alles fühlt, er sagt es nicht, doch er ist es, gekränkt und verletzt, so geht sie jetzt einfach davon, was erwartest du, Dankbarkeit, Mitleid, nach dem, was du getan hast, du. Du hast in mich investiert, denkst du das?

Vorwürfe, kleinlaut. Wozu kommst du denn überhaupt heim.

Du, Kurt,
und ein Recht haben wollen auf mich, woran denn an mir, nein. Gerade du aber gar nicht, meinst du, aber auch das ist nicht richtig.

Du nicht mehr als ein anderer, als irgendwer, und auch nicht weniger als irgendwer.
Ich bin kein Besitz, Kurt, ich war es, deshalb tue ich mich so schwer, deshalb habe ich mich nicht, ich war ein Besitz und wollte es sein, lange, und dann unter Zwang, und mit einem Mal nichts mehr wert, gar nichts, nicht das Mindeste, und dadurch nicht mehr existent, verstehst du, auch für mich nicht mehr am Leben, verschwunden, abhanden gekommen, verloren, irgendwo, wo genau, keine Ahnung, irgendwo hat mich einer verloren, und außer mir wird mich auch keiner jemals mehr finden, verstehst du, ich bin kein Finderlohn. Für niemanden, auch nicht für dich.
Also lass mich, denn anders kommen wir uns aus den Augen, und nur so komme ich, wenn überhaupt, wieder, und wohin eigentlich wieder, war ich denn schon jemals bei dir, und wenn, wo war ich da und als wer?
Du hast mich gepflegt und betreut, wen hast du gepflegt, frage ich, und warum, einen Teil von dir selbst, sagtest du, stimmt, und einen Teil von mir, das stimmt auch. Wofür benutzt du dich, Kurt, indem du mich einem Sinn für dich zuführen willst?

Das sind immerhin Sätze. So kommt man sich näher. Vielleicht.

Völlige Abstumpfung. »Was sind Sie denn aber auch so fixiert.«
Soziales Verhalten, auffällig, aber ja. Wem fällt es schon auf, doch nur ihr. Ende der Diagnose.
Man findet sich ab. Aber eben doch nicht.

Sehr geehrter Herr Weyrath,
Bezug nehmend auf Ihr Schreiben vom 16. Nov. d. J. und Ihr darin geäußertes Ansuchen um unbefristete Freistel-

lung vom Dienst werden Sie ersucht, sich in den nächsten Tagen zwecks Erläuterung Ihrer weiteren beruflichen Vorhaben und einer damit eventuell verbundenen einvernehmlichen Klärung Ihres Dienstverhältnisses im Personalbüro einzufinden.

Eine Krankheit täte jetzt gut.
Die hatten wir, Kurt. Jetzt werden wir langsam gesund.

Unser Glück ist, wir haben kein Recht aufeinander, sagt sie, ist das nichts?

Ich habe mich Korenz erklärt, explizit, er weiß alles, und mich damit endgültig in die Hände von jemandem begeben, um dadurch, auf Zeit wenigstens, abgelenkt zu sein von diesem Zustand, schon allein durch die Angst, er könnte doch irgendwann etwas sagen. Angst, ja, aber doch auch Erleichterung und Befreiung, so habe ich den Hals wieder frei.
Aber wie dieser Mensch darauf reagierte, sein eigener Unfall hat ihn anscheinend völlig verblödet, und vielleicht ist es bei mir ja gar nicht so anders, während des ganzen Gesprächs war er ausschließlich bei sich und übersetzte sich jeden Satz, den ich aus mir herausbeichtete, in seine eigene damalige Unfallgeschichte hinein. Korenz, ich war es, hörst du, das habe ich getan. Er darauf, ja, ich auch, bei mir war es nicht anders, weißt du. Und seine Rührung, er fühle sich geschmeichelt, dass er auserwählt sei, meine Geschichte zu hören, und er beneide mich um die Fähigkeit, mich jemandem in einer so heiklen Angelegenheit anvertrauen zu können.
Von meinem Gedanken, die Rettung zu verlassen, hält er nichts.

Auch ich habe dir etwas zu sagen, und das tue ich, Kurt, ich werde dir alles erzählen, du kommst mit mir in meine Welt, die einmal war und die untergegangen ist, nicht durch dich, keine Angst, lange vor dir, und die jetzt aufersteht.
Was ich dachte, das eintreten würde, tritt scheinbar nicht ein, ist nicht eingetreten, was nur gut ist, so haben wir Ruhe, hoffen wir es. Und wenn nicht, so gehören wir bis dahin uns. Wir gehören uns, hörst du, wir haben uns, wir sind auf der Welt, Kurt, greif zu, und ohne Bedenken, wer weiß, wie lange es anhält, man kann nicht damit rechnen.
Ich zeige dir jetzt meine Welt, keine Ausreden mehr, und du kommst mit, wohin ich dich auch mitnehme, versprichst du, sag ja.
Wohin führst du mich? Ich gehe mit dir in die Hölle, das weißt du.
Dort landen wir. Aber der Weg dorthin führt über den Himmel.
Also gehen wir in den Himmel. Wo ist der?
Florenz, in den Bildern. Seit einigen Wochen arbeite ich wieder. Und hier habe ich etwas für dich, eine Karte, zwei Karten, Florenz, und noch heute, sag ja.
Warum nicht Florenz, wenn es doch deine Welt ist, wir sind schon unterwegs.

Aber nicht gleich in die Bilder, sagt er, das ist mir zu fremd. Du zeigst mir jetzt deine Welt.
Hier hat sie gelebt, sagt sie. Nach ein paar Monaten Rom, dann hätte Paris kommen sollen, nicht Paris, der Louvre hätte dann kommen sollen, so wie Florenz nicht Florenz ist, sondern nur in den Bildern besteht.
Meine Orte hier, sagt sie, Via de' Calzaiuoli, Via delle Terme, Via Ciaracchio, und wo sie gewohnt hat, sie gehen es ab, Piazza dei Cimmatori, verwinkelt, klein, abgelebt.

Es ist Winter, das macht nichts, warme Gassen, auch jetzt, und so eng, sie lassen den Wind nicht durch. In der Via Cerchi am Corso haben sie glückliche Hände.
Chiesa Santa Maria dei Ricci, Anbetung, eine Orgel holt sie von der Straße, gemeinsame Reminiszenz, also zündet man Kerzen an, lächelnd, wer weiß, vielleicht hilft es ja doch.
Weihnachten, geröstete Kastanien in der Via dei Velluti. Pension Romana, in der sie absteigen, das ist doch immerhin jetzt, denkt er. Aber doch, für sie ist alles hier Reminiszenz, hier war ich, vis-à-vis habe ich gewohnt.
Getrennte Geschichten.
Jetzt geht mir der Mund über, siehst du, aber ich habe dich gewarnt, sagt sie. Wir haben Hände, und die mögen einander.
Der Ponte Vecchio ist immer noch alt. Und treu, die Markierung auf meinem Gedenkstein, siehst du, das waren glückliche Tage.
Was es gibt, glückliche Hände, eifersüchtige, seine, jetzt, hier.
Du siehst, die Welt existiert nicht nur in deinen Kranken, sagt sie.
Aber die sind wir doch selbst.
Nicht jetzt. Und nicht hier.
Aber doch, immer wieder, unverhofft, nicht vorhersehbar, diese Unruhe an ihr.
Was war denn?
Noch nicht. Später.
Aber doch und trotz allem, es gab Hände, vier Hände, und die waren hier glücklich und gehörten zwei Menschen und hatten einander sehr lieb.
Das Leben im Himmel ist schön.
Ein Tag, zwei Tage, drei. Sie wird unruhig. Ich muss zu den Bildern, Kurt, lässt du mich?

Aber ja doch, er lässt sie, und also nun endlich auch in die Bilder und damit in ihre Welt, wie sie sagt.
Die Uffizien, und was ist zu sehen, Segnungen, Tötungen, Mächtige, Opfer, Gekreuzigte, Hände, Gesichter, Bischöfe, Päpste und Heilige, betende Engel, der Segen von Händen, geheiligte Namen, Anbetung, Verherrlichung, Kniefälle, gold alles, dunkel und rot, eine Kreuzigung, Kreuzigung, Kreuzigung, Kniefälle, Anbetung, Kniefall, Verherrlichung, Kniefall, und Schlachten, Anbetung des Herrn, fromme Augen, Erleuchtung, fromme Hände, Anbetung der Könige, Anbetung der Könige, Verherrlichung, Mutter mit Kind, eine Mutter mit Kind, es ist immer Maria, Verkündigung, Schlachtung, Kalvarienberg, Anbetung der Jungfrau, der Gekreuzigte, der Gekreuzigte, und der Kopf des Johannes, ein Papst, Enthauptung des Johannes, ein Papst, Kreuzabnahme, Grablegung, Kindermord, Mariä Himmelfahrt, Christi Himmelfahrt, Himmel, Verkündigung, Kindermord, Anbetung, Kreuzigung, Grablegung, Himmel.
Und Anna, hier bin ich jetzt in meiner Welt, in den Bildern, vor denen sie aufersteht, sichtbar, und lebt.
Und endlich, Kurt, siehst du, da ist es, deshalb sind wir da, die Verkündigung von Leonardo.
Der Engel des Herrn brachte Maria die Botschaft und sie empfing vom Heiligen Geist, du erinnerst dich.
Vor diesem Bild bin ich mit ihm damals gestanden, Arm in Arm, vor diesem Bild habe ich es ihm gesagt, hier fing alles an.
Wer ist *er*, und was hast du gesagt?
Nicht jetzt.
Der Engel des Herrn verkündigt Maria die Botschaft, wir sind mit dabei, wie er ihr in die Augen sieht, siehst du, doch die Botschaft kommt nicht über die Augen, die Handlung geschieht in den Händen, und diese Hände werde ich nicht los.

Der Engel verneigt sich und macht einen Diener, ein Kniefall, in diesem Engel verneigt sich ein Gott vor seinem Geschöpf, scheint es, mit diesem Engel wirft dieser Gott sogar einen Schatten, aber Vergangenheit alles, was geschieht, geschah vorher, nichts rührt sich in diesem Moment, wie gelähmt, beide, der Engel, Maria, und so weit voneinander entfernt.

Durch das, was zwischen den Händen der beiden geschieht, wird diese Lähmung lebendig und lebt und ist scheinbar bewegt, ihre Hände, siehst du, sind über die Entfernung aufeinander bezogen und damit aufeinander verwiesen. Ein ganzes Land liegt zwischen ihnen, siehst du, Bäume, eine Landschaft, die Schiffe, ein Meer, eine Stadt im Hintergrund, Berge, die Welt liegt dazwischen, wenn man lange hineinschaut, ein Abgrund, mein Abgrund, sagt sie.

Und Maria, in der Haltung der Mauer hinter ihr, aufgerichtet und blass und mit dem Rücken zur Wand, steif wie die Wand, aber doch auch gefasst, die erhobene Hand, siehst du, die geöffnete Hand, die das *Geheimnis* empfängt, sein Wille geschehe, Maria empfängt seine Botschaft, als ob sie ihr zugeworfen würde, körperlich, und das ist ja der Fall, aber doch geht sie mit dieser Hand auch auf Distanz, scheint es, ablehnend fast, wie es aussieht, abstoßend auch, sie begreift, unter welchem Urteil sie steht und lehnt ab, scheint es, und nimmt es mit dieser Hand aber doch gleichzeitig an.

Wie sich ihre rechte Hand in der Bibel verkriecht, siehst du das, als ob sie sich festhalten müsste und sich erst vergewissern, ob auch tatsächlich sein kann, was ist. Und was ist, was wird sein, in diesen Händen hier spielt sich der Opfertod ab. Du bist auserwählt, einen Sohn wirst du gebären, sagt Gott in der Hand dieses Engels, die voll der Gnade und in Verheißung des Guten erstarrt ist, und das sagt diese Hand so leicht hin und wie zum Segen

erhoben, und doch ist es die Verkündigung eines Opfers, eines Mordes, der bevorsteht, und das heißt einer Sühne, die erst noch erbracht werden muss, du bist auserwählt unter den tausendmal tausenden, gesegnet bist du.
Wenn man lange genug hinsieht, verlässt diese grüßende Hand den Körper des Engels und läuft als eine Spinne durch das Bild zu Maria und an ihr hinauf bis zur Hand, mit der sie die Botschaft empfängt, in Erwartung, ich nehme das Opfer an, ja, ich nehme das Urteil an, ja, mir geschehe nach seinem Wort. Was ist, was wird sein, Empfängnis, Geburt, Kreuzigung.
Für mich findet in diesen Händen die Welt statt, verstehst du, Anordnung und Gehorsam, in Liebe, wie wir es nennen, in Demut und Dankbarkeit, einem Gott gegenüber, einem Menschen, der sich in allem geirrt hat.

Sehr geehrter Herr Weyrath,
da es, nach unserem Gespräch mit Ihnen vom 29. 12. d. J., nun auch in der für heute (31. 12.) anberaumten Personalkonferenz nicht möglich war, in Ihrer Angelegenheit (Freistellung v. Dienst auf unbestimmte Zeit) zu einer für beide Seiten zufriedenstellenden Lösung zu kommen, sieht sich die Direktion veranlasst, Ihre in Ihrem Schreiben vom 16. Nov. für den nun eingetretenen Fall einer nicht einvernehmlichen Klärung der Situation angebotene Kündigung Ihres Dienstverhältnisses anzunehmen.
Unter Rücksichtnahme auf die ohnedies gespannte Personalsituation war es nicht möglich, Ihrem Ansuchen nachzukommen, ohne dass im Dienstplan nicht verantwortbare Lücken bzw. Schwachstellen aufgetreten wären.
Ihr Dienstverhältnis endet somit mit dem 31. Januar 1992 bei weiterlaufenden Bezügen in der Höhe des letzten Monatsgehalts für die Dauer von drei Monaten.

Im Namen der Direktion und des Personalbüros und mit den besten Wünschen für Ihre weitere berufliche Laufbahn – und kollegialen Grüßen.

Kurt,
von Paris habe ich in diesen Tagen nicht mehr als das Bild, auf dessen Rückseite ich schreibe, aber doch ist das mehr, als das ganze Paris mir je sein kann.
Es steht fest, über diese beiden Bilder werde ich arbeiten, Leonardos Verkündigung und über die Felsgrottenmadonna hier im Louvre.
Auch hier, es ist wie in Florenz, ideale Hände, es schmerzt nicht, wenn man nur beiläufig hinsieht, und denen doch nicht zu entkommen ist.
Seit vier Tagen jetzt ununterbrochen vor diesem Bild, vor dem die Leute hier andächtig stehen, demütig, aufmerksam und verschämt und mit glücklichen Augen, sie lächeln und knipsen und machen ein Kreuz und bewundern die Schönheit.
Was sich eigentlich abspielt im Bild, ist gerade durch diese Schönheit verdeckt und übermalt und so gar nicht sichtbar.
Maria hat jetzt empfangen, auf dass die Schrift erfüllt werde, der Sohn ist geboren und inzwischen gewachsen und weiß auch schon, wer er ist.
Maria hat sich verändert, sie ist eine Mutter geworden, Maria, Johannes der Täufer, ihr Sohn und der Engel.
Und alle haben sie Hände. Wegweiser, Schutz und Begrüßung, Anbetung und Macht.
Der Engel zeigt Jesus den Täufer, und der betet sich mit den Händen dem Sohn dieser Mutter entgegen, der ihn segnet und grüßt, dass die Schrift erfüllt werde, und als wüsste er nichts von dem, was noch kommen wird.
Er grüßt den Johannes, als Kind, der später in seinem Namen geköpft werden wird.

Die Mutter Maria. Und ihr Sohn, unter dem Schutz ihrer Hand. Unter deinen Schutz und Schirm fliehen wir, o heilige Gottesgebärerin, du erinnerst dich.
Diese Hand über dem »Opferlamm« heiligt und schützt, denn sein Wille geschehe, und nimmt ihren Sohn in die Pflicht, der unter dieser Hand leben muss und die Pflicht erfüllt, die getan werden muss.
Die Puppe, die er hier ist und immer sein wird, und zu der er von diesen Händen, von dieser Hand über ihm erzogen wird, an deren Fäden er hängt, nicht sichtbar, zu schön gemalt alles, um die Fäden erkennen zu können. Unter dieser Hand, aus diesem Schutz und Schirm kommt er nicht mehr heraus, wissen wir. Diese Hände heiligen dieses Kind zu einem Erlöser, indem sie es für die Schlachtung vorsehen, voll der Gnade, der Herr ist mit ihr, in seine Hände empfiehlt er irgendwann seinen Geist.
Und ihre Hand fährt wie eine ungesühnte Schuld auf den Kopf ihres Sohnes herab, sein Blut, heißt es, kommt über uns und unsere Kinder, es kommt, immer noch, und führe uns nicht in Versuchung, sondern erlöse uns von allem Übel.
Mit uns hat das alles mehr zu tun, als dir lieb sein kann, Kurt, du wirst sehen.
Du hast viel Geduld mit mir und du sollst wissen, dass ich das weiß. Es ist gut, dass es dich gibt, glaub mir, und auch für mich gibt. Ich hoffe, ich bin dir nicht zu sehr verrückt.

Letzte Ausfahrt, Paul Rehle, der letzte Transport und also noch eine schöne Begegnung zuletzt, Dialyse, Montag, Mittwoch, Freitag, ich habe mich jedes Mal auf ihn gefreut, das letzte Mal jetzt, soll ich es sagen.

Keiner da, sonst erwartet er uns doch immer schon vor dem Haus, eigenartig. Vielleicht ist es zu kalt heute, gehen wir hinein.
Frau Rehle, schön, Sie zu sehen.
Was macht ihr denn hier, schreit sie.
Wen werden wir hier suchen, Frau Rehle, Sie kennen uns doch.
Aber wen wollt ihr denn jetzt noch hier und in Gottes Namen suchen oder abholen und dazu wohl auch noch retten vielleicht, mein Mann liegt seit drei Tagen unter der Erde, versteht ihr denn nicht.
Die haben den Rehle noch im Computer, sagt der Fahrer, die haben ihn noch nicht gelöscht.
Noch nicht gelöscht, nein.

Also, du meine heilige Anna,
mit diesen meinen Händen hier grüße, segne und heilige ich dich, von hier aus und auf die Distanz nach Paris, wo auch immer du dort sein mögest und was du auch tust, ich habe dich auserwählt, hörst du, ich habe dich beim Namen gerufen, mein bist du. (Sagen wir so.)
Unter deinen Schutz und Schirm fliehe ich, von hier aus, nimmst du mich auf?
Anna, ich bin endlich frei und habe alles hinter mich gebracht, endgültig, die Rettung will mich nicht mehr, seit ich das Interesse an ihr verloren habe, wir wollen einander nicht mehr, da ich ja dich habe jetzt.
Wir beide sind dort noch im Computer, sie haben uns noch nicht gelöscht, das haben wir vergessen zu feiern, was eine Sünde ist, glaub mir, andere werden gelöscht und feiern nicht mehr, wie ich weiß, und das holen wir nach, du kommst sofort zurück aus Paris oder ich hole dich, hörst du.

Wir kommen doch über die Hände zur Welt, sagst du, also berühren wir uns doch auch endlich damit, ich bitte dich, Anna.
Was uns jetzt möglich ist, Gespräche, nicht mehr bloß schweigsame Augen. Ich weiß, Augen und Mund haben dich nie interessiert. Aber mich haben sie interessiert, so unterscheiden wir uns, wir ergänzen uns, Anna, gemeinsam haben wir Mund, Augen und Hände, ist das nichts?
Du leidest an den Händen in deinen Bildern und ich leide an deinem Mund, der so vieles nicht sagt.
Und doch ist uns jetzt alles möglich, Berührungen, ohne dass einer dabei zusammenfährt, endlich. So haben wir jetzt unser Alter, bisher sind wir irgendwie Greise gewesen, aus einer Vergangenheit auferstanden, aber nicht wirklich lebendig, nicht jung, und jetzt bewegen wir uns, wenn auch du in Paris und ich hier, gemeinsame Gegenwart, Anna, ein Kind, zwei Kinder sind wir und holen nicht eine Vergangenheit nach, sondern die Gegenwart ein.
Auch du wirst ja einmal ein Kind gewesen sein, wie war dieses Kind, worüber du gelacht hast, ich will alles wissen.
Uns ist nicht zu trauen, wie Hunde umschleichen wir uns, so vieles ist nicht gesagt. Das ist gut, denn so ist noch so vieles zu sagen. Aber vieles davon, scheint mir, ist eben nicht nur nicht gesagt, sondern verschwiegen, und das macht die Augen schon wieder verschlagen klein.
Geben wir es doch zu und sagen wir, was zu sagen ist, so werden wir wieder unschuldig, Anna, und brauchen kein Feigenblatt mehr vor eine Vergangenheit zu hängen, nimm es weg, und dann geben wir Gott einen Apfel, in den darf er beißen, wir verbieten ihm nichts, er darf bleiben, wir vertreiben ihn nicht. Wir sind nicht so. Anna, hier oder Paris, wie du willst, oder auf halber Strecke,

wonach ist dir denn, Stadt oder Land, mir ist alles recht, denn mir ist nur nach dir.
Wie und wo immer du willst, aber nur jetzt, bitte, endlich, und gleich.

Auf halber Strecke liegt Innsbruck, denn sie will weiter nach Wien.
Was ich jetzt machen will, fragst du. Als ob du keinen Anteil daran haben wolltest, was wirst du jetzt machen, Kurt.
Was habe ich denn gemacht. Was habe ich getan. Ich habe dich umgebracht, und ob du das wahrhaben willst oder nicht, ich war es, der dich aus deiner Welt geholt hat, aus deinem Museum, in das du jetzt wieder zurückgehst.
Bis dahin habe ich Geld verdient, ekelhaft, sinnlos, wofür auch.
Ich habe dich gesucht und in meinem schlechten Gewissen gefunden, ich bin zur Rettung gegangen und dort über Leichen gegangen, so bin ich endlich zu dir gekommen und endlich zu mir gekommen damit, dich habe ich gesucht und uns habe ich gefunden. Und jetzt schaue ich dir beim Wachsen zu, wenn ich das darf.
Ich, ich, ich, ich, sagt sie, das ist es ja, Kurt. Wir definieren uns aus unseren Verletzungen. Aber wir sind doch nicht nur verletzt.
Du hast recht, wir verletzen auch. Stimmt.

Wien ist das Ende der Strecke, dort ist Frühling und Steinzeit, Ägypten, Griechenland, alles, sie holen die Menschheit nach, wenn auch nur in den Dingen, wie er sagt.
Steinkeile, Keulen, Äxte, aus Stein, Eisen, Bronze, eine Axt und ihr Krieger, aus Eisen, aus Bronze, aus Marmor, Elfenbein, Griechenland, Elfenbeinkrieger, schö-

nes Schlachten. Kunst, sagt sie. Geliebte, Verehrte, Schlagende, Erschlagene, Tote. Kunst, sagt sie.
Ein Sarkophag und der dazugehörige Tote, schau ihn dir an, sagt sie, der glaubt immer noch, er hat überlebt.
Bauern feiern irgendwo Hochzeit und am Turm von Babel wird noch gebaut, einige Mächtige zeigen die Hände.
Aus einem Bild greift Kokoschka wie unter Wasser heraus und erreicht die Oberfläche nicht, unter der er ertrinkt.
Ich mag diese hohen Räume nicht, sagt er. Und die Klinken an den Türen so hoch, Einschüchterungsorte, überhaupt schüchtern mich Orte ein, sagt er.
Es ist wie bei den Bildern, sagt sie, man überwindet sie, wenn überhaupt, nur, indem man sich an ihre Orte und damit in ihre Hände begibt, und selten ist man in guten Händen dabei und meist einem Einschüchterungsort, einem Lügenort ausgeliefert in ihnen, einer Tötungshand, die einen streichelt und freundlich hereinwinkt ins Bild. Wenn du dich nicht darauf einlässt, erkennst du nichts, und alles ist und bleibt würdevoll, nichtssagend und also ungefährlich und schön. Doch wenn du dich einlässt darauf, siehst du irgendwann, dass jedem Bild, und wie lustig und schön, wie fröhlich und nett es auch sein mag, dass hinter jedem der Bilder ein Tötungsakt steckt, ein Befreiungsakt.
Schön gemalt, hervorragend, hat diese Frau neben uns in das Bild hineingesagt, in dem Kokoschka vor seinem Spiegel steht wie unter Wasser und in dem seine Augen hier und jetzt absaufen, der krepiert in dem Bild, siehst du das, und sie sagt, schön gemalt, sieh dir die Augen an und den Mund und die Hand mit dem Pinsel, mit der er sich aus dem Bild herauszumalen versucht. Als ob wir der Spiegel wären, siehst du das, wir beide und diese Frau jetzt neben dir, die das sagt, stehen in die-

sem Moment in dem Spiegel, in den Kokoschka schaut wie ein Irrer, schockiert von dem, was er vor Augen hat, siehst du, er sieht einen Irren, zwei Irre, uns beide, und diese Frau, die ihm da hineingrinst aus diesem Spiegel heraus, in dem wir jetzt stehen.
Und gegen dieses Irresein, wer bin ich denn, fragen die Augen, bin das ich, was male ich da, was habe ich vor Augen, das heißt, was male ich mir da aus den Augen heraus. Gegen diesen Wahnsinn ist das gemalt.
Und unsere Dame geht weiter, siehst du, sie ist uns schon zwei Bilder voraus. Schön gemalt, wunderbar, ein großer Künstler. Punkt. Aus. Vorbei.
Ihr wird nichts geschehen davon, was dem Maler passiert ist, aber wenn du dich einlässt darauf, krepierst du jetzt hier mit dem Maler im Bild. Es ist wie mit den Räumen, wie bei der Höhenangst, man muss hinuntersehen, hinabsehen, nur so geht sie weg. Und deinen Räumen musst du dich aussetzen, Kurt, so lange, bis du sie dir gerichtet und auf die menschliche Größe herabgeholt hast, denn sie schüchtern ja nicht von ungefähr ein, dafür sind sie gebaut. Aber zerstören musst du sie dir selbst.
Es stimmt einfach nicht, dass die Hände nicht malen, was die Augen nicht sehen. Gerade dadurch, dass sie es eben doch tun, sterben die Bilder nicht, nie, was schrecklich ist, aber auch gut. Gerade dadurch lesen wir es aus den Bildern heraus, wenn wir durch sie die Strukturen erkannt haben, an denen wir leiden, und die immer noch gültig sind, leider, schon deshalb sind diese Bilder niemals Vergangenheitsbilder, Museen, wie du glaubst.
Du hast recht, Kurt, ich habe eine Kindheit gehabt und in der habe ich gelacht, mehr gelacht als geweint.
Und du hast recht, ich habe eine Welt um mich, die für dich ein Museum ist, nicht für mich. Ich habe eine Welt, und eine solche geht dir scheinbar ab. Aber in meiner Welt wirst du die deine nicht finden. Schon gar nicht,

wenn du in der meinen die Fehler deiner eigenen suchst. Du gehst in mich hinein, Kurt, du versuchst es, und das verstehe ich auch, und hast dabei aber doch keine Ahnung von meiner Welt, die kannst du nicht haben, und wären wir noch so verwandt, und versuchst, hier in meiner Haut alles umzustellen, was dir fremd ist, und dir ist alles fremd. Und als der Blinde, der du in meinen Räumen sein musst, versuchst du, alles, was dir scheinbar begreiflich ist, auf deine Ordnung hin umzuräumen. Und das lasse ich nicht zu, nie mehr, hörst du, und außerdem räumst du in Wahrheit ja nur in dir herum, nicht in mir, du versuchst, in mir wegzuräumen, was dir die Sicht verstellt auf dich selbst.

Bilderangst, Höhenangst, Innsbruck, das werden wir jetzt alles los, Kurt, später Abend, Europabrücke, Nacht, alles schwarz, nur die Brücke erleuchtet. Eine Jausenstation, Telefonzellen, eine Kapelle.
Komm jetzt, Kurt, wir gehen über die Brücke, hinunterschauen und darüber hinweggehen, keine Einschüchterung mehr, dass es damit endlich ein Ende hat. Komm, und vergiss deine Angst nicht, die werfen wir übers Geländer.
Sie geht voraus.
Am Anfang der Brücke ein Automat, Information.
Lass das doch, Kurt.
Guten Tag. Sie befinden sich auf der höchsten Brücke Europas, die das 700 Meter breite Tal in 193 Metern Höhe über dem Sillfluss überquert.
Anna. Warte auf mich.
Der höchste Pfeiler ragt 193 Meter über die Fundamentsohle.
Wo bist du denn, Anna, was machst du denn da?
Eine Pfeilerbrücke mit Balkentragwerk, an beiden Seiten mit Gehwegen ausgestattet.

Anna.
Jetzt sieht er sie. Sie ist aufs Geländer gestiegen und balanciert auf die Mitte der Brücke zu.
Das Panorama, das sich vor Ihren Augen auftut, besteht aus der Serles, links, rechts der Blick in die Stubaier Alpen, auf den Habicht, am Horizont sehen Sie, etwas von den Lärchen verdeckt, Zuckerhütl, Ortschaft rechts Kreith, Patscherkofel, Ortschaft Patsch.
Die Mitte der Brücke ist hell. Anna ist hell. Jetzt läuft er, der Boden, Aluminium, dröhnt. In der Mitte der Brücke ist der Gehweg ein Käfig, überdacht, Gitter.
Weil von dort aus schon zu viele gesprungen sind, weiß er. Anna steht auf dem Käfig.
Komm schon, Kurt, komm doch, was kommst du denn nicht. Wo willst du mich haben, Anna, was hast du mit mir vor, ich mache das nicht, ich kann das nicht, hörst du.
Du kommst jetzt zu mir herauf, Kurt. Höhenangst, sagst du. In Wirklichkeit haben wir nicht Angst, in Wirklichkeit sind wir feige.
Nur hier hat diese Höhenangst einen Sinn, ruft sie von oben herab, das hier ist der einzige Ort, an dem sie zu Recht besteht, und obwohl ich noch nie hier war, verstehst du, habe ich doch mein ganzes Leben darunter gelitten, völlig umsonst, denn nur jetzt hier in diesem Moment hätte ich sie endlich einmal zu Recht, und jetzt stehe ich hier, Kurt, 193 Meter, sagst du, geht es hier in die Erde hinab, stehe ich hier und spüre nichts als diese Wut auf mich selbst, mich ein Leben lang durch diese Lächerlichkeitsangst eingeschüchtert zu haben, selbst schuld, verstehst du, begreif das doch, Kurt.
Du musst dich nicht fürchten und ich sage dir auch, warum nicht. Weil wir nicht springen. Wir springen nicht, Kurt. Hier sind wir so sicher wie dort unten, wo wir uns trotz aller vermeintlichen Sicherheit nie sicher

gefühlt haben, komm rauf jetzt, anders wirst du deine Feigheit nicht los.
Du, ich mache das nicht, Anna.
Du Retter, du. Komm.
Ich weiß, wie es aussieht, wenn einer dort unten ankommt. Ich habe doch lieber die Angst.
Ich nicht mehr, nie. Und vor nichts, vor niemandem und vor nichts mehr, verstehst du.
Nächster Tag. Garten. Bilder, in denen es blüht, die Tulpen haben die Erde verlassen.
Was man hineingetan hat in die Erde, wächst auch wieder heraus, sagt sie, es wächst einem nach und geht auf, ein Versteck gibt es nicht.
Also haben wir überwintert, sagt sie, die Sonne kommt jetzt schon früher, sagt er, und geht später unter, sagt sie, mein Lieblingsort, Ampass, sagt er, auch einer von meinen, sagt sie, die zwei Türme. Dir ist ja mit einem Mal ein Mund gewachsen, sagt er, und du hast tatsächlich Ohren, lacht sie, es scheint, bei uns sind wir in guten Händen.
Meinst du?
Ja, das glaube ich. Denn früher hättest du darauf bestanden, dass es so ist. Und jetzt fragst du.
Ich wünschte es mir, sagt er. Aber was wünscht man nicht alles.
Ich habe dich mir an mein Bett gewünscht damals, sagt sie.
Und ich bin gekommen, sagt er.
Siehst du.
Wohin wünschst du mich jetzt, fragt er.
Ich wünsche dich mir an die Hand, sagt sie.
Und du, sagt sie, wohin wünschst du mich, Kurt?
Ich wünsche dich mir unter die Haut.
Dazu musst du mich fressen, Kurt, und das geht nicht, das weißt du. Wünsch mich dir anderswohin.

An meinen Mund, sagt er.
Aber da bin ich ja.
An den Hals, ich wünsche dich mir an den Hals.
Aber da hast du mich ja.
Nein, sagt er, leider, es ist umgekehrt.
Die Tage sind länger geworden und werden noch länger.
Was werden wir tun, Kurt. Was wird sein?
Es wird Sommer, sagt er. Und wäre das alles, wäre es genug.
Etwas Gutes ist nie genug, nie, sagt sie, was bist du denn so eingeschüchtert zufrieden, trau dir doch wenigstens einen Wunsch zu, Kurt, hörst du.
Den habe ich mir zugetraut, Anna. Nicht nur zugetraut, auch geträumt und erlebt.
Siehst du.
Und offenbar, ohne dass du das weißt, dass du gewusst hast davon. Dich habe ich mir gewünscht. Bis ich dich tatsächlich traf, habe ich mir immer, aber das habe ich erst später gemerkt, so etwas wie dich gewünscht. Das hat sich durch unsere Begegnung geändert. Ich habe mir so etwas wie dich gewünscht, aber dann ist mir mit dir ja eben gerade nicht so etwas wie du begegnet, sondern du bist mir begegnet, das ist etwas anderes. Ich kann wir sagen und mich damit meinen, und wenn ich ich sage, sage ich eigentlich du.

London, umarmt sie ihn, Windsor Castle, ich bin glücklich gewesen, Leonardo hat mich umarmt, in den Studien zu den Bildern, die Zeichnungen, weißt du, es ist alles deutlicher dort, skrupelloser, und nicht durch die Farbe geschönt.
Keine Beschönigungen mehr, und das heißt keine Lügen mehr jetzt, es ist alles sagbar. Erklärbar nicht, aber doch aussprechbar, immerhin.

Und da sollst du mir noch einmal sagen, dass diese Kunst Vergangenheit ist und nichts bewirkt. Du hast recht, so vieles, das weh tut oder weh getan hat, ist nicht gesagt. Und du hast recht damit, es ist gut so, denn so ist es erst noch zu sagen, und das tun wir jetzt, von nun an, immer, sag ja.
Das tun wir. Ja.
Schön, dass du mich abgeholt hast, wie klein der Flughafen ist. Eine Woche, was hat sich getan. Gar nichts? Im Garten?
Dort sind die Blumen inzwischen erwachsen, sagt er, so lange warst du weg.
Das möchte ich sehen. Du hast recht, alles aufgegangen. Und ohne mich, siehst du.
Aber doch von dir eingegraben, sagt er. Wie sollten sie ohne dich blühen?
Aber einige Blumen zertreten, warum denn, fragt sie, warst du das? Auch du bist in dieser Woche gewachsen, scheint es, die Spuren, siehst du, sind das deine?
Wir haben Besuch gehabt, Anna. Ich habe es dir nicht gesagt. Wir haben jetzt öfter Besuch, immer nachts, dieselben Schritte, Turnschuhe, siehst du, und immer der gleiche Weg, ich weiß auch nicht. Über den Zaun dort, die Mauer entlang und dann direkt zu den Fenstern. Ich habe schon auf ihn gewartet, aber er scheint nur zu kommen, wenn man tatsächlich schläft.
Und sich nicht wehren kann, meinst du, sagt sie, du hast recht. Aber warum hast du mir denn nichts gesagt.
Sie geht in das Haus und verriegelt die Fenster, der Mund wächst ihr zu, wie schnell das geht, kleine Augen, ein Stuhl, ein anderer Stuhl, es passt keiner, ins Bett.
Aus der Welt kriechen, wenn man das könnte, sagt sie.
Nächster Tag, sie hat ihren Namen vom Türschild genommen, man weiß nie.
Sie wird wieder klein. Wie schnell das geht, denkt er.

Anna, was war?
Du weißt genug.
Sie möchte nach Wien. Ich will nach Wien, sagt sie, endgültig.
Aber auch dort werden wir auffindbar sein, man ist auffindbar, überall, Anna, in welchen Bau man sich auch verkriecht. Er hat dich hier gefunden, wie er dich auch in Wien finden wird, wenn er das will, überall. Laufen wir also davon, aber nicht ohne zu wissen, dass wir ihm in die Arme laufen damit.
Also doch Wien, Kurt, du gehst mit, sagt sie. Allein käme ich von hier nicht mehr weg.
Also werde ich irgendwann später auch daran schuld sein, sagt er.
Wir gehen, sagt sie, wir laufen davon und verkriechen uns aus der Welt.
Aus welcher Welt denn, doch nur aus deiner.
Und verkriechen uns in eine andere, sagt sie.
In die unsere, glaubst du. Aber so geht das nicht, Anna. Aber ja, trotzdem, ich bin mit dabei.
Und das müssen wir feiern, Kurt. Innsbruck steht heute Kopf, du wirst sehen. Und ich führe dich durch meinen Innsbrucker Kopf von vor langer Zeit. Machst du mit?
Aber ja.
Im Central wartet man mit Geduld auf den Kellner, und die hat man, wir haben ja Zeit. Im Toscana wird sie gesprächig. Nach Wien, sagt sie, stell dir vor. Was werden wir tun?
Glücklich sein, sagt er, was sonst.
Im Riffifi sind die Kellner sehr eifrig, und das müssen sie sein, denn auch die beiden sind eifrig. Man versucht zu trinken und trinkt, man verliebt sich in Wien, man versucht es und vergisst Innsbruck, versucht es, vergisst es auch, ja.

Im Filou zeigt man Brüste und Bein und ist dort ganz einfach so schön wie die anderen auch.
Deine Orte, dein Innsbruck, dein damaliger Innsbrucker Kopf, fragt er.
Von vor sehr langer Zeit, ja, ich gestehe, sagt sie.
Hier hast du getanzt?
Getanzt auch, ja. Ich gebe es zu.
Hier also hast du getanzt und bist schön gewesen. Für wen, das möchte ich wissen.
Das werde ich dir sagen. Es ist schön, so betrunken zu sein, sagt sie. Jetzt steigen wir noch auf eine Brücke von damals, komm.
Was heißt das.
American Bar, eine Reminiszenz. Bitte, Kurt.
Warum nicht eine Reminiszenz und warum nicht American Bar. Aber alles voll und nur Platz zum Stehen. Schöne Menschen.
Das Schönsein gehört hier zum Vergessen, weißt du.
Sie trinken, doch sie wird mit jedem Glas nüchterner, scheint ihm, jetzt zittern die Hände.
Was hast du, ist dir nicht gut?
Ich bin auf der Brücke, Kurt, sagt sie, lass mich, er ist da, aber geh nicht weg, ich bitte dich.
Jetzt kann man sich setzen. Sie ist unruhig, als wolle sie tanzen und würde sich vor ihm schämen dafür.
Geh doch, sagt er, ich mache das nicht. Ich erwarte dich, hier.
Sie verliert sich zwischen den Körpern. Man bewegt sich. Bald hat man sich aus den Augen verloren und vergisst Innsbruck und Wien und denkt an nichts mehr, an gar nichts, und merkt nichts davon, dass die Körper sich nicht mehr bewegen und gar nicht mehr da sind jetzt, bis einer kommt und auf ihn einschreit und er Schuld hat an etwas, weil er dazugehört.
Was ist denn, getrunken habe ich, ja.

Ob die da draußen im Klo zu dir gehört, frage ich dich, hörst du. Auf jetzt.
Zu mir gehört, fragst du, ja sicher, wo ist sie, wir gehören zusammen, ja, aber was ist denn, Mensch, sag doch, was los ist.
Das weißt du doch wohl selber am besten, Idiot. Also los jetzt, raus mit euch beiden, verschwindet, damit haben wir hier nichts zu tun, nimm deine Braut da und ab mit euch, verdreht euch nach Hause, ich habe nichts gesehen, verstehst du, ich rufe euch die Rettung, aber zuvor bringst du sie auf die Straße, und du nimmst alles mit, verstehst du, dass du mir ja nichts vergisst. Die Dame hier, die Spritze habe ich ihr in die Tasche getan, und jetzt ab mit euch, Mensch.
Nicht die Rettung, nein, sagt er, was zu tun ist, weiß ich schon selbst, ruf ein Taxi.
Vollgemacht, sagt sie. Mich vollgemacht. Wieder. Nicht mehr ich. Wieder weg. Weißt du. Fang mich. Einfangen, hörst du. Nicht mehr weg, du, nie mehr, hörst du.
Vollgemacht. Hörst du.
Er nimmt ihren Arm.
Siehst du. Voll alles, eine Spritze voll. Ich nicht.
Hat es getan. Hörst du. Gezwungen. Musst du glauben.
Tust du? Glaubst du.
Angst. Du.
Mich nach Hause.
Mir glaubst. Nicht ich.
Vollgemacht. Siehst du.
Mir doch, oder?
Florenz.
Weißt du? Weißt du?
Nicht gesagt. Verschwiegen. Alles. Florenz.
Mich nach Hause jetzt. Bitte.
Kurt.
Mich noch?

Nicht wieder, verstehst du. Von vorn.
Nichts dafür, schwöre ich. Nichts.
Glaubst mir doch.
Florenz. Vollgemacht. Heute.
Wieder nicht weg davon. Glaubst du.
Hilfst mir doch, nichts dafür, schwöre dir, nichts dafür, nicht ich. Gewartet auf mich.
Nicht allein, weißt du noch, dir geschrieben, die Blumen, die nicht von dir, Mils, wieder da, Hötting, am Grab, vollgemacht, weißt du.
Nicht wegwerfen, Kurt, nicht wegwerfen, versprichst du.
Mich nicht weg.
Von vorn. Nicht ich, nicht mehr los, Kurt, nicht allein, aufpassen, Kurt, hörst du, dir damals gesagt, auf dich auf, die Schritte im Garten, Florenz, endlich weg davon, lange, kommt wieder, Kurt, mich nicht los, auf mich auf, wirfst mich nicht weg.
Nach Hause jetzt, einsperren, nicht weglassen, hörst du.
Auf mich auf, keinen Schritt vor die Tür, versprichst du.
Versprichst du. Ja sagen, sag.

Nächster Tag, übernächster, Vorhänge, verriegelte Fenster, kein Licht. Man sieht sich nicht, doch man ist da.
Was denn tun jetzt, Anna.
Gar nichts, Kurt, warten, das ist mehr als alles.
Tage.
Die Nächte sind hell, er hat den Garten beleuchtet. Wenn Besuch kommt, soll er auch sichtbar sein. Diesmal.
Es läutet, ist er das, ein Nachbar beschwert sich über das Licht, man kann ja nicht schlafen.
Kann man nicht, stimmt, solange sie es nicht sagt.

Licht machen, nachts, warten darauf, dass er kommt, Türe zu, Fenster zu, und überprüft, immer wieder, auch am Tag. Dass keiner hereinkommt. Dass keiner hinaus kann. Außer zu zweit. Jede Nacht. Dass der Besuch nicht kommt und sie nicht auf Besuch geht.
Auf Besuch gehen, Kurt, sagt sie, und du lässt mich nicht fort, versprich es, du lässt mich nicht weg. Vielleicht ist er im Garten, sagt sie, schauen wir nach, sagt sie, suchen wir ihn.
Auf Besuch gehen, zu den Engeln gehen, hat er immer gesagt, gehen wir zu den Engeln, Kurt, du musst nein sagen, hörst du, du musst nein sagen, wir gehen nicht zu den Engeln, sag nein.
Wir gehen nirgendwohin, Anna. Wir sperren uns ein, wenn es sein muss, wir sperren uns von allen Engeln aus. Und deinen Zauberer erzählst du mir jetzt in sein Märchen zurück.
Womit anfangen, sagt sie.
Es war einmal.
Das ist es ja. Was war denn und wer. Davor war so lange gar nichts, weißt du.
Aber dann, irgendwann dann, was war da. Und wer.
Ich weiß nicht, Vorlesungen, doch, ich weiß wieder. Eigenartig, sagt sie, wir versperren die Tür und verriegeln die Fenster vor ihm, und dabei ist er doch als Erinnerung schon in meinem Kopf. Er hat immer Wege gehabt.
Wege zu dir?
Ja. Zu mir. In mich hinein. Durch mich durch. Er hat Pharmazie studiert, eigentlich, damals, und für mich Kunstgeschichte, wegen mir.
Um neben dir sitzen zu dürfen?
Ja. Und dann Rom. Michelangelo, weißt du.
Das Paradies, und dann die Vertreibung, aber die eigentlich erst in Florenz.

Aber damals, dort, in der Sixtinischen Kapelle, erschuf einer für mich die Welt. Und er war dabei, bis dahin wusste ich nicht, dass er auch in Rom sein würde.
Hier kommen wir jetzt zur Welt, sagte er, schau uns zu.
Ich habe zugeschaut, ich habe es gesehen, Kurt, in diesen Bildern sind wir damals, bin ich zur Welt gekommen und munter geworden, das erste Mal aufgewacht.
Ich habe so lange geschlafen. Ich will nicht mehr einschlafen, Kurt, ich will nicht mehr zu den Engeln, keine Spritzen mehr, weißt du, kein solches Paradies mehr, keine Engel und also keine Vertreibung mehr und lieber hier auf der Erde, ohne dass einer kommt und man Angst hat davor, und ohne selbst auf Besuch zu gehen, Kurt.
Michelangelos Hände, das Paradies und die Vertreibung daraus und das Jüngste Gericht, die Verdammten, die Engel, und alles geschieht in den Händen, bloß ohne die Ruhe, diese Fresken hat nicht Leonardo gemalt.
Wir haben uns an den Händen gehalten, ich habe Angst gehabt vor diesen Bildern und nicht nur Höhenangst, glaub mir. So haben wir uns unter dem Himmel der Fresken am Boden aneinander festgekrallt. In diesem Freskenhimmel geschieht alles und alles zugleich nebeneinander, gleichzeitig, verstehst du, Machthände, Angsthände, Tötungshände, ohne die Lieblichkeit, und daher nicht verlogen.
In diesen Händen wird die Welt geteilt, Licht und Dunkel, und das sieht man, diese Hände teilen tatsächlich die Welt, die sie erschaffen, um sie dann zu vertreiben. Und die Hände von den Vertriebenen, auch von den Engeln, schreien und würgen und brüllen und flehen um Gnade und greifen aus einem Himmel herab wie aus einem Abgrund herauf und ertrinken und reißen dich mit, nehmen dich mit und lassen dich nicht mehr los, nie mehr los, wenn du dich auf sie eingelassen hast, und

nehmen dich bei den Augen, mit denen du sie abzugehen versuchst, und wenn du sie in den Augen hast, haben sie dich in der Hand und erschaffen dich, segnen dich, wecken dich aus einem Schlaf und geben dir einen zur Seite und vertreiben euch beide und heben euch doch in den Himmel, versuchen es, jagen euch gleichzeitig fort, und alles geschieht immer zugleich, es gibt keine einzelnen Töne mehr, verstehst du, es gibt immer nur alles zugleich und dadurch nichts mehr, an das man sich halten kann, Himmel und Hölle sind Menschen geworden, der Himmel auch, ja.
Rom ist der Himmel gewesen damals, wir haben unter dem Himmel der Fresken gelebt. Das heißt, ich habe unter dem Himmel der Fresken gelebt. Wie sie das bei den Prozessionen tun, habe ich diesen Himmel über unseren Köpfen getragen. Er nicht, schon damals nicht, glaube ich. Ich weiß nicht.
Ich habe meine Bilder gehabt, und ich habe meinen Menschen gehabt. Wir waren allein auf der Welt.
Er hat mich und sein Pulver gehabt, damals schon, glaube ich. Mein Pharmazeut. Für ihn waren wir damals schon nicht nur zu zweit auf der Welt. Er hat immer Briefe geschrieben, Postkarten und Briefe, immer an dieselben Personen und immer Belanglosigkeiten, Wiederholungen, nichtssagend und dadurch eigenartig, für mich, jede Karte, als ob vor ihr noch keine gekommen wäre aus Rom, auch ohne Namen oft, ohne Unterschrift, oder wenn, falsche Namen.
Ein Spiel, hat er immer gesagt, ein Versprechen, das er halten müsse, eine Wette, und wir gewinnen dabei, Anna.
Postkarten, verstehst du, an Namen, die es in Innsbruck nicht gab. Nur der Bezirk war ihm wichtig, der Stadtteil, habe ich gemerkt. Immer derselbe Stadtteil und immer Menschen, die es im Telefonbuch nicht gab.

Ich habe da einen Freund, sagte er, weißt du, und von irgendwas muss man doch leben, tu nicht so, Anna.
Was macht dieser Freund, fragte ich, sagt sie, der scheint viele Namen zu haben.
Er ist Briefträger, hat er gesagt, in diesem Stadtteil, verstehst du?
Nein, gar nichts verstehe ich, nichts. Du musst es mir schon erklären.
Der Mann ist Briefträger in diesem Stadtteil, verstehst du nicht, sagte er, eine Postkarte, eine Postkarte aus Rom, eine Postkarte aus Rom und an eine Adresse in seinem Stadtteil, eine Postkarte aus Rom an eine Adresse in seinem Stadtteil, die es nicht gibt.
Ich verstehe nicht.
Unser Briefträger ist ja nicht dumm, sagte er, und denkt sich, weil er es weiß, diese Postkarte ist für mich. Und also behält er sie und nimmt sie nach Hause und dort wird sie wertvoll, verstehst du. Auf jede Karte aus Rom sind viele Träume gedruckt, und die schneidet er aus und verkauft sie, und jeder hat, was er liebt.

Mit der Zeit dann auch selbst mitgemacht, man gewöhnt sich, aber nicht wie du denkst, sagt sie, ich habe daran nicht verdient, ich habe seine Träume geträumt, freiwillig, lange. Nur so haben wir uns auch in Zukunft, hat er immer gesagt, nur so hatten wir uns, denn wir brauchten einander wie niemals zuvor irgendwen, nur war der Himmel untergegangen dabei, und die Bilder hatten sich in den Farben versteckt. Blindheit, verstehst du, Abhängigkeit, Hörigkeit, Nichtigkeit, ich, nie mehr ich, dachte ich, sagt sie. Und dabei ohne jede Ahnung, bis jetzt nicht, wie alles kam. Mit mir hat er sein schlechtes Gewissen getötet oder einzuschläfern versucht, schöne Träume, vielleicht ist es das, ich weiß nicht.

Ich leiste dich mir, hat er immer gesagt, als Entschuldigung vor den anderen, die auch von mir träumen. Er hat mich geopfert, verstehst du, und ich habe ihm das Opfer gemacht. Nicht mehr freiwillig dann. Und davor habe ich jetzt Angst, Kurt, es fängt wieder an, ich habe ihn jetzt wieder im Blut, das verstehst du doch, also weg von hier, bitte, auf längere Zeit, wenn du mich hier lässt, bist du mein Mörder, wir müssen hier weg.
Südtirol also, aufs Land, dort gibt es weder Engel noch Träume, man kommt sich nicht aus.
Zu zweit und auf der Hut voreinander, er hat ihr das Geld abgenommen, und war das auch wirklich alles, Malser Heide, kein Berg, freie Flächen. Zwei Hunde gehen spazieren und der eine von ihnen ist läufig. Übelkeit, Schweiß, es fängt wieder an.
Es fängt wieder an, sagt sie, es ist wieder soweit, ich will auf Besuch, er erwartet mich, sagt sie, ich weiß es.
Wo denn, wo erwartet er dich, fragt er, du weißt genug, sagt sie, ich sage kein Wort mehr, und was du vorhast, weiß ich, und genau das wirst du nicht tun.

Dann Florenz, es ging weiter, sagt sie, sein Geschäft blühte, wir kamen einander nicht aus, und er opferte häufig, dann täglich, ich zog mich in meine Bilder zurück, die sich vor mir zurückzogen, Schweißausbrüche vor jedem Bild, Lachkrämpfe, alles austauschbar, Bezuglosigkeit, weißt du. Wo er mich hinstellte, blieb ich stehen und war tot oder am Leben, ich wusste nur, irgendwann holt er mich hier wieder ab, und bis dahin war ich in den Bildern, irgendwo, übermalt.
Aber doch, ich bin wieder aufgewacht, weißt du, Leonardos Verkündigung, du erinnerst dich, wir standen davor.
Der Engel des Herrn.

Ich wollte das Kind. Aber ihn habe ich nicht mehr gewollt. So ein Kind, mir war jetzt nach anderen Träumen. Doch er ließ mich nicht los.
Nur so bringst du dein richtiges Opfer, habe ich ihm gesagt, indem du mich opferst, mich aufgibst, verstehst du, habe ich ihm gesagt, auf mich verzichtest und mich in Ruhe lässt und das Kind.
Und das Kind?
Vor diesem Bild sind wir damals gestanden. Vor dieses Bild hat er mich hingeführt, jeden Tag, morgens.
Träum schön von mir, sagte er, und ich habe von ihm geträumt, durch ihn geträumt, wegen ihm und aus eigener Schuld, ich weiß schon. Dann haben ich und ein Kind, dann haben ich und mein Kind vor diesem Bild von ihm und durch ihn und wegen ihm und aus eigener Schuld geträumt, jeden Tag, jede Nacht, immer, bis er mich hingestellt hat vor das Bild, bis er mich abgeholt hat von dem Bild und mich wieder hingebracht hat.
Vor diesem Bild habe ich es ihm damals gesagt.
Was sagst du mir da, ich habe wohl nicht recht gehört jetzt, was sagst du, ein Kind? Du, das heißt, wir und ein Kind, ausgeschlossen, das kommt nicht in Frage, dafür ist doch in deinem Traumkopf kein Platz.
Weißt du, hat er gesagt, wir wechseln ganz einfach die Bilder, was möchtest du sehen, du kannst alles haben, nur keine Verkündigung, keine Verheißung, keine Empfängnis, keine Kindesanbetung, verstehst du.
Wohin soll ich dich stellen, in welche Abteilung, in welcher Landschaft möchtest du träumen, in welchem Jahrhundert, vor welchem Gesicht soll ich dich abholen, Anna, sag es mir, mir ist alles recht, nur dieser Wahnsinn nicht, damit ist jetzt Schluss.
Damit war nicht Schluss. Ich bin munter geworden. Da war etwas in mir, das mich aufgeweckt hat, verstehst du.

Der Engel des Herrn brachte Maria die Botschaft. Ich war nicht mehr allein, jetzt war ich zu zweit. Und das hieß aufhören mit den Träumen. Ich habe aufgehört, ich habe es versucht und dann tatsächlich aufgehört, er hat nichts gemerkt, und dann doch, die ungebrauchten Spritzen, der nicht verwendete Vorrat, weggeworfen hatte ich nichts.
Vor diesem Bild habe ich es ihm damals gesagt.
Mein Engel hat mir daraufhin die Spritze gebracht, du wirst von mir träumen und nur von mir, wir brauchen niemanden zwischen uns.
Wir hätten niemanden zwischen uns gehabt, weil wir uns nicht mehr gehabt haben, ich hätte ihn nicht mehr gebraucht, ich hätte das Kind gewollt, ich hatte aufgehört, nicht mehr ich zu sein, ich war wir, dadurch bin ich wieder zu mir geworden, nicht ganz, aber eben doch fast. Ich war beinahe ich, und mehr noch, ich war meine Zukunft, ich war wir.
Dann nicht mehr, nach der Spritze nicht mehr, nicht mehr wir und schon gar nicht mehr ich.
Wieder weg alles und wieder alles von vorn, aber schneller diesmal, es hat auch kein Kind mehr gebraucht, dass ich aufgewacht bin.
Irgendwann bin ich munter geworden, von selbst, wie von selbst, und bin über die Grenze. Den Reisepass hatte er mir abgenommen. Aber das war kein Problem, ich hatte ihn als gestohlen gemeldet. Mit einem guten Gefühl.
Dann nach Innsbruck. Meine Eltern. Man wusste noch, wer ich war.

Warum er mich für das alles gebraucht hat und immer noch braucht, ich weiß es nicht. So wie wir jetzt hier durch Bozen gehen vielleicht, warum Bozen. Weil wir in der Gegend und dadurch von meinen vermeintlichen

Orten weg sind, ist es das, Kurt, weil du sehen willst, ob es mich in die Straße zieht, in der es die Spritzen gibt, oder ist es tatsächlich der Ort, weswegen wir hier sind?
Wir sind es, Anna. Es ist nicht der Ort. Wegen uns sind wir da, und das weißt du.
Er war nicht immer so, musst du wissen, sagt sie. Und was ich gesagt habe, stimmt nicht, weil ich so vieles über ihn nicht gesagt und nur von mir aus erzählt habe, weißt du, von mir aus gesehen, von mir aus beschuldigt. Doch war er nicht immer so.
Andere haben ein schlechtes Gewissen, ich habe ein schönes, ich habe dich, sagte er. Und ich bin kein Gewissen gewesen, verstehst du, nie, schon gar nicht das eines anderen, Kurt. Bis dahin war ich ein Kind.
Er hat um mich geworben, er hat um mich werben müssen und hat es getan, sagt sie. Aber nicht, weil er ein Gewissen gebraucht hätte oder ein Opfer, das kam später, das kam erst mit der Zeit. Ich weiß nicht, was es war. Er hatte Angst, dass ich gehe, dass ich gehen könnte, das weiß ich, und das hätte ich getan. Siehst du nicht, was du anrichtest mit dem, was du tust, habe ich ihm gesagt. Ich sehe es, ja, sagte er.
Warum nimmst du es dann nicht selbst, nimm es selbst, anstatt es anderen zu geben.
Dazu bin ich zu feige, das ist es ja. Aber du, nimm du es für mich, Anna.
Das habe ich getan. Ich wäre nicht bei ihm geblieben. Ich wäre weggegangen. Was ich ja tat. Aber doch hätte ich ihn nie verlassen dabei, verstehst du, ich werde ihn nicht los. Aber nicht das, was ich dir erzählt habe, werde ich nicht los, auch das nicht, es ist das Gegenteil von dem, was ich sagte. Er hat nach mir gesucht und ich habe ihn mich finden lassen. Und habe ihn dabei gefunden, verstehst du das, Kurt.

Wir waren schon richtig bei uns und an der richtigen Adresse. Bis diese Postkarten kamen, die haben alles zerstört.
So wie ich dir jetzt alles zerstöre, Kurt, wenn ich dir sage, du hast keine Schuld an dem Unfall gehabt, gar keine, nicht die geringste, verstehst du.
Er war nach Innsbruck gekommen, ich folge dir überall hin, sagte er, meine Karten kann ich überall schreiben.
Aber ich folge dir nirgends mehr hin, sagte ich, keine gemeinsame Adresse mehr an keinem gemeinsamen Ort.
Er kam jeden Tag. Ich hatte es meinen Eltern gesagt.
Und die Aussprache dann, das Geschrei. Mein Vater wollte zur Polizei.
Wenn du das zulässt, Anna, seid ihr heute noch im Paradies, sagte er.
Für meinen Vater gab es nur noch ein Wort, Polizei, und du kommst mit, Anna.
Autobahnausfahrt Ost, letzte Möglichkeit, uns den Weg in den Himmel zu zeigen.
Und dann kamst du. So brauchte er selbst nichts zu tun. Und nur zuzusehen dabei. Und auch weiterzufahren. Wie du.
Aber liegengelassen habe ja doch ich euch, sagt er, das kannst du mir nicht abnehmen, Anna, auch wenn du das möchtest. Und wenn du mir jetzt auch eine vermeintliche Schuld nimmst, ich habe dich aus einer Schuldigkeit heraus gesucht und gefunden. Aber es ist keine Schuldigkeit mehr, für mich ist mehr geworden daraus. Und deshalb frage ich dich, ob ich bleiben darf. Sag nichts, ich möchte, dass du es dir überlegst, keine Zwänge mehr, weißt du, keine Verheimlichungen. Wir verstehen uns, ich bin sicher, und auch, wenn wir zugeben, was war. Für mich fängt dadurch vieles erst an, und Bozen war dafür noch nie schöner als jetzt.

In Ossiach rudern sie über den See, er hat dort ein Haus, wie tief ist der, fragt sie, 46 Meter, warum, so sind wir jetzt 46 Meter über dem Grund.
Hier stürzt man nicht ab, Anna, wenn du das meinst, man versinkt, hier ertrinkt man, sagt er.
Hier ertrinkt man nicht, man kann schwimmen, und das können wir.
Ossiach, Villach, der See, ich war noch nicht auf der Welt, sagt sie.
Nicht auf dieser, sagt er, aber jetzt sind wir da.
Aber ich mag nicht fischen.
Ich auch nicht.
Und die Jäger hier, alles Mörder, das findest du doch auch?
Alles Mörder. Und was findest du gut?
Hier? Rudern, ja, alles, laufen, den Wald, den See überhaupt und die Ruhe, solange alles nicht eine Ausrede ist für irgendwas, Kurt, keine Flucht, und gerade das ist aber doch alles hier, und so ist diese Ruhe schon wieder keine, und die Schlucht ist mit Wasser gefüllt, man ertrinkt, wenn wir hier bleiben, irgendwann liege ich im Wasser, Kurt.
Und in Innsbruck, wo wirst du da liegen, wo finde ich dich dort, wenn es soweit ist?
Ich muss an den Ort, der mir nachgeht, sagt sie, anders geht er nicht weg. Wenn sonst nichts, das habe ich begriffen, dieses Davonlaufen, weißt du, nein, jetzt nicht mehr, bitte.
Und ich, Anna, wir, was wird aus uns?
Was tut man bei Atemnot, Kurt. Einatmen. Ich habe Atemnot. Ich werde einatmen.
Also wieder die Spritzen. Einatmen ist das nicht, Anna.
Nenn es so, nenn es anders, egal, in Innsbruck ist Luft, denn dort treffe ich einen, wir werden über die Höhe

gehen, er denkt, ich habe immer noch Angst davor, weißt du.
Man wird sehen, wer von uns springt, wer zurückkommt, wer nicht. Du verstehst nicht, aber du wirst es verstehen. Es klingt nach Rache, doch es ist keine Rache, wofür auch, einer wird springen, Kurt, und einer schaut zu.
Es wird aufhören, es hört auf, nur so hört es tatsächlich auf, vielleicht springen auch beide.
Gib Acht auf dich, bitte, dass du kein Handlanger wirst und wir beide dich nicht noch einmal verwenden, nimm dich in Acht, auch vor mir. In welche Geschichte bist du geraten.
In meine Geschichte, endgültig, endlich, sagt er.
Innsbruck also, wieder einmal, ja, und nur, um wieder nicht, was denn nicht, Anna, den Mut dazu zu haben, nicht dumm genug zu sein, wie er es sieht, eine Dummheit zu begehen.
Und also wieder davon, wohin diesmal, überallhin, nur weg von hier, beide, Ossiach, München, Paris, in Wien gibt er auf, wie nennt man es, Trennung auf Zeit, er fährt heim.
Briefe, der Briefschreiber ändert die Orte, der Adressat bleibt sich gleich, Postkarten, Briefe. Dass sie mir Postkarten schickt.
Herrn Kurt Weyrath, Herrn Weyrath, Herrn Weyrath, liebe Grüße aus, denke an dich, London, aber schöner noch, wenn auch du hier wärst, Kurt, Rom, ich komme zu Atem, aber richtig, Ravenna, ich bin mein Widerspruch, Kurt, Verona, ich bin gar nicht mehr, Pisa, und wenn schon nicht aufwärts, so doch geradeaus, Venedig, Störung, Verlust, keine Sorge, nicht tot, Florenz, und am Leben, und denk dir, lebendig, ich freue mich auf dich, Zürich, sehen wir uns, Zürich, du kommst doch, Kurt, Frankfurt, deine, Berlin, Anna? Berlin, deine Anna, ja,

meine, und Hamburg, aber doch alles Ausreden, letztlich, also komme ich wieder zu euch beiden zurück.
Und wieder zurück, sagt sie, es ist soweit, Kurt, jetzt hole ich meinen Engel auf die Erde herab.
Wie wirst du das machen?
Es geht alles von selbst, du wirst sehen. Er wird kommen. Er hat mich gesucht, ich habe ihn gefunden, ich suche ihn auf und wir gehen über die Höhe.
Dieses Spiel ist für zwei. Und der zweite bist diesmal nicht du. Aber vielleicht. Später. Vielleicht geht es gut.
Was ist zu tun?
Nichts, Kurt, warten, uns aushalten bis dahin, wie wir sind.
Und was kommt?
Ein Anfang, ganz sicher ein Ende. Das ist schon viel.

Einen Ausgang suchen, ein Ende von etwas, das kommt, und das sie einen Anfang nennt, denkt er, so leicht ist das nicht.
Jetzt sucht sie ihn, täglich, Recherche, wie sie es nennt, so lach doch auch, Kurt, es wird alles gut, und ich finde ihn, du wirst sehen, so schwer kann das nicht sein, sagt er, wo er zu finden ist, weißt du.
Wie du das denkst, geht es nicht, Kurt, so ein Ausgang will überlegt sein, inszeniert, wie ein gutes Bild, beim Sterben ist nur der Gedanke daran interessant, halte dich also heraus, Kurt, das Stück, dem du zuschaust, ist dir fremd, aber glaub mir, es hat seine Richtigkeit so.
Ich bin ja einverstanden mit Wien, sagt er, warum also gehen wir nicht.
Weil man nicht weglaufen kann, wie du sagst. So mache ich das Gegenteil, nicht davonlaufen, hingehen. Mich stellen, mir stellen. Ihm jetzt nicht mehr.
Hast du ihn heute gesehen?
Ja.

Und die Spritze hast du von ihm.
Ja.
Du nimmst wieder was. Du hängst wieder daran. So hat er dich also wieder.
Glaubt er. Ich nehme das Zeug noch, glaubt er. So habe ich es mitgenommen, um ihn in dem Glauben zu lassen.
Ich habe ihm den Gefallen getan.
So kommt sie zurück, denkt er sich.
Wird er denken, ja.
Und, wirst du kommen?
Ich werde kommen, ja. Zu ihm kommen. Nicht zu ihm zurückkommen. Was sein wird, Kurt, irgendwann, ich bin weg, du bekommst einen Anruf, ich rufe dich an, du wirst da sein, du wirst doch da sein?
Ich bin doch da, immer. Ich werde da sein.
Ich werde weg gewesen sein, ich bin wieder einmal nicht nach Hause gekommen, ich werde dich anrufen, du wirst da sein und wirst kommen, ja?

Jetzt. Hörst du mich, kannst du mich hören, ich verstehe so schlecht, ich höre dich, ja, was ist denn, endlich, ich höre dich, Kurt, du holst mich jetzt, hörst du, ich hole dich, ja, von wo denn, Europabrücke, was machst du denn da, zur Jausenstation, frag nicht, aber um diese Zeit, ich muss doch wissen, gar nichts, du musst gar nichts wissen, die Jausenstation, wo wir waren, erinnerst du dich, aber ja, von deinem Informationsautomat führt ein Weg zur Kapelle, dort erwarte ich dich, du kommst doch, sag ja, und du kommst gleich, hörst du, sofort.
Europabrücke, aber um diese Zeit, stockdunkel alles, als ob die Tage schon wieder abnähmen. Ausfahrt Schönberg, noch nicht, Europabrücke, jetzt, Jausenstation, die Telefonzellen, wo ist sie denn, auf dem Käfig vielleicht, auch nicht, Informationsautomat, sagt sie, die Kapelle,

ja, stimmt, in der Kapelle, hat sie gesagt, was inszeniert sie denn nur, mein Gott, da ist sie, sitzt auf der Treppe, bist du das, Kurt, jetzt weiß ich auch, was eine Ewigkeit ist.
Er sagt gar nichts, sie gehen zum Wagen.
Also, wohin bringe ich dich?
Uns, Kurt, wohin du uns bringst, fragst du?
Und wohin hast du uns gebracht, Anna?
In das Glück, du wirst sehen.
Ausfahrt Stubaital, Schönberg, musst du da Maut zahlen, sag?
Ja. Das ist doch egal.
Aber dann sieht uns doch dieser Mensch.
Hast du wieder geturnt? Wohin willst du?
Hast du einen Pass mit, also nach Innsbruck dann.
Direkt geht das nicht mehr, wir müssen über Neustift, wir sind schon zu weit.
Ja, Neustift, ja, ist doch egal, Kurt, wie du es machst, ist es gut.
Mieders, steht da. Wir sind in Mieders.
Ausfahrt Schönberg, siehst du. Was sagst du nichts, frag mich was, Kurt.
Was hast du getan?
Du weißt alles, frag nicht.
Kein Wort sage ich, Anna, keine Sorge, mit mir musst du nicht auf die Brücke.
Sie lacht, sie kann lachen, wie unbeschwert fröhlich sie ist, sie gefällt ihm, aber dass du so lachen kannst jetzt.
Aber jetzt doch erst endlich, Kurt, dass du das nicht verstehst. Und jetzt laufen wir dort auf den Hügel, siehst du das Kreuz, bis zum Kreuz, und wer schneller ist, ja?
Ich weiß, dass du schneller bist, Anna, du kommst ja gerade von dort oben herab.
Komm, Kurt, wach endlich auf, eine kalte Nacht, und jetzt wird uns warm, du wirst sehen.

Natters, siehst du. Bring uns nach Natters, sagt sie.
Damit zerstörst du alles, was war.
Gar nichts zerstören wir, Kurt. Jetzt machen wir wieder gut. Jetzt sind wir tatsächlich allein.
Es ist Nacht, wir werden nichts sehen.
Wir machen es anders, sagt sie. Du gehst von mir weg, zehn Minuten weit, ich bleibe stehen, ich werde dich suchen, wir dürfen nicht sprechen, und wenn ich dich finde, bevor mir die Helligkeit hilft, haben wir uns endlich gefunden.
Was also heißt, denkt er, sie erwartet, ich stelle mich hin, wo ich auch auffindbar bin. Oder eben nicht.
Er geht, diese Kälte, ein Spiel, und was heißt es schon, wenn sie nicht kommt, ein Spiel, diesmal gehöre ich dazu.
Er wartet. Sie kommt. Sie ist hörbar. Berührt ihn. Am Felssturz, wo sonst, nur hier braucht man Glück, zweimal Glück, weiß er, weiß sie, einmal für dich, dunkel, und einmal für mich, sagt sie, tief.

In den Zeitungen tagelang nichts. Was soll denn auch sein, Kurt, du bist im falschen Stück. Sie ist selten daheim, er ist immer daheim, ihre Haut färbt sich braun von der Sonne, und der Mund lacht jetzt rot.
Achensee, Walchensee, Gardasee, Mondsee, nicht, um schwimmen zu lernen. Um auf dem Wasser zu gehen.
Also gehen wir nicht nach Wien?
Nein.
Was hast du wirklich getan?
Nichts. Und du, spielst du Richter, oder ist dir wieder einmal nach Vergangenheit? Ich spreche dich von jeder Schuld frei, Kurt, das erträgst du nicht. Du glaubtest, in einen Sündenapfel gebissen zu haben, aber das hast du nicht, so hattest du einen Sinn, deine verfluchte Schuldigkeit und deine Angst um dich, die dann tatsächlich

wegging, zu Recht, das gebe ich zu, du hast wieder gutgemacht, du hast dich bemüht. Du bist frei, und von jeglicher Schuld, hörst du. Das erträgst du nicht, denn jetzt müsstest du tanzen, und das kannst du nicht.
So brauchst du etwas, das dich ablenkt von dir, und bisher war das ich. Ich habe dich abgelenkt, Kurt, das heißt, du hast dich mit mir von dir abgelenkt. Eine schöne Zeit mit mir, sagtest du, richtig, war es auch, stimmt. Auch für mich.
Bei mir war es anders, sagt sie, ich bin abgelenkt worden, zweimal, stillgelegt, weißt du, und zweimal nicht von mir. Ich war das Gewissen von einem andern und also nicht ich. So wie du jetzt mein Gewissen sein willst. Aber das ist jetzt vorbei, keine Menschenopfer mehr, keine Opfer mehr überhaupt, wofür auch, für wen und vor wem denn, sag mir das. Also.
So sitzt du daheim und brütest auf diesem Satz herum, was hat sie getan, und verblödest dabei zu einem Opferlamm, du mein Richter du.

SCHÖNBERG. Unterhalb der Europabrücke in Schönberg wurde vergangenen Samstag eine männliche Leiche entdeckt, die noch nicht identifiziert werden konnte. Der Mann dürfte von der Europabrücke gefallen sein. Personenbeschreibung: ca. 30 Jahre alt, dunkle, halblange Haare, bartlos, bekleidet mit blauer Jeans, schwarzen Socken, violettem Hemd, rotschwarzem Jackett und schwarzer Jeansjacke. Hinweise an jede Sicherheitsdienststelle.

Gefallen, siehst du, sagt sie, von der Brücke gefallen. Dürfte gefallen sein, Anna.

Kein Abschiedsbrief, Kurt, nicht, dass du Angst hast. Aber du zögerst das besprochene Ende von etwas hinaus, dadurch ist es länger Nacht, als wir dachten. Und so bin ich jetzt weg, bis du die Sonne aufgehen lässt. Bis dahin bleibe ich auf Distanz, und die braucht es, glaub mir, wir erkennen uns nur aus der Entfernung, und die wirst du brauchen, um das Bild, das du dir von uns gemalt hast, im richtigen Abstand zu sehen. Ich werde mich melden, ich werde wiederkommen, ich werde nicht weg gewesen sein, du wirst sehen.

Spreche ich mit Herrn Weyrath?
Ja, wer ist da.
Polizeidirektion Innsbruck, Hauptmann Gehler. Herr Weyrath, Folgendes, wir haben im Zusammenhang mit einer Identitätsuntersuchung ein paar Fragen an Sie. Wäre es Ihnen möglich, zu uns zu kommen?
Um wen handelt es sich, wie kommen Sie denn auf mich?
Wir haben einen Hinweis bekommen, Herr Weyrath, aber das klären wir doch lieber hier, wenn Sie einverstanden sind, 14 Uhr, heute?

Dass die mich wollen, ich habe ihn doch gar nicht gekannt. Oder es ist Anna. Auf Distanz gehen, sagt sie. Das kann sie nicht gemeint haben damit.

Der Mann auf diesem Foto, Herr Weyrath, erinnert Sie der an einen Ihnen bekannten Menschen?
Kenne ich nicht, nein.
Lassen Sie sich Zeit, Herr Weyrath, damit ist ohnehin schon alles vorbei.
Das war alles?
Wenn Sie ihn nicht kennen, ja. Sie sind sicher, diesem Mann nie begegnet zu sein?
Absolut, ja.
Der Name Peter Röhler sagt Ihnen nichts?

Nein.
Das war's dann auch schon.
Aber umgekehrt jetzt, Herr Gehler, durch welchen Hinweis kommen Sie denn auf mich?
Nicht eigentlich Hinweis, wir haben eine Information, die darauf hindeutet, Herr Weyrath, dass, wenn auch Sie sich an diesen Mann nicht erinnern können, er aber doch Sie gekannt haben muss.

Eine Information, sagt er. Korenz? Aber der kennt nur den ersten Teil der Geschichte. Bleibt nur Anna, mein Gott, was heißt das denn, gibt es nicht, nein, welchen Grund hätte sie. Aber warum sie nicht zurückkommt oder sich meldet wenigstens. Wo will sie mich haben. Allein komme ich da nicht mehr heraus.

Herr Weyrath, wir machen noch einen Versuch. Auf Fotos sind Leichen oft nur schwer als die Menschen erkennbar, als die wir sie zu kennen glaubten.
Wir sehen uns also noch einmal, in der Gerichtsmedizin, sagen wir 17 Uhr?

Schrecklich, nicht, wie das aussieht. Aber Sie sind ja den Anblick von Toten gewöhnt.
Warum meinen Sie das?
Als Rettungsfahrer, und Sie sind oder waren nicht der Schlechteste, wie ich weiß.
Was ist diesem Menschen passiert?
Herr Weyrath, noch einmal, sehen Sie ihn sich bitte genau an und lassen Sie sich Zeit dabei, das spart uns allen Zeit, glauben Sie mir. Sie bleiben dabei, Sie kennen ihn nicht, er ist Ihnen nie in Ihrem Leben begegnet, Sie haben ihn nie gesehen und sein Name Peter Röhler ist Ihnen nicht bekannt?

Ich bleibe dabei, ja, was soll ich auch nicht dabei bleiben, wo es doch stimmt.
Herr Weyrath.
Ja?
Was haben Sie mit Anna Kainz gemacht?

SCHÖNBERG, INNSBRUCK. Der vor zehn Tagen unterhalb der Europabrücke in Schönberg aufgefundene Tote (wir berichteten) konnte mittlerweile als der 26-jährige Innsbrucker Peter Röhler identifiziert werden. Selbstmord wird von der mit dem Fall befassten Kriminalabteilung zwar nicht ausgeschlossen, da der Verstorbene aber im Innsbrucker Drogenmilieu kein Unbekannter war, wird auch die Möglichkeit eines Fremdverschuldens am Tod Röhlers überprüft.

Die sperren mich ein. So ein Ausgang will inszeniert sein wie ein gutes Bild, sagte sie.

Was würden Sie dazu sagen, Herr Weyrath, dass wir uns wieder treffen, damit wir uns aber nicht wiederholen, schlage ich vor, Autobahnausfahrt Innsbruck Ost, 14 Uhr, was ja schon fast unsere Zeit ist. Fahren Sie vorsichtig, diese Stelle hat es in sich.

Also was denn jetzt, 14 Uhr. Die Stelle hat es in sich. Keiner da, wieder einmal, 14.15 Uhr, halb drei, was das soll, was kann der von mir wollen.
Mils, Innsbruck, Natters, Gewohnheitsorte von früher, Genesungsorte, die er aufsucht, Zufluchtsorte jetzt, Panikorte, und sagbar nichts, wem auch, für meinen Teil stehe ich ein, doch ist da auch immer noch Anna, das heißt, der zweite Teil der Geschichte. Unmöglich, den eigenen Teil einzugestehen, ohne den anderen abzuleugnen und dadurch ihr zuzuschreiben.

Nächster Tag, Post wieder keine. Vielleicht fangen sie die Briefe ab.

Europabrücke, Jausenstation, die Kapelle, 14 Uhr.
Herr Weyrath, Sie waren schon einmal hier.
Ja.
Sie gehen die Böschung hinab.
Zu Fuß braucht man zwanzig Minuten, sagt Gehler, hier hat man den Röhler gefunden.
Es kommt vor, bei diesem langen Sturzweg, durch den Wind, wissen Sie, dass sich während des Sturzes die Taschen entleeren. Immer wieder kam das vor bisher. Das wusste ich, also habe ich gesucht. Bei der Leiche kein Pass, nichts, wissen Sie. Aber dann doch, zwanzig Meter entfernt, sorgfältig gefaltetes Zeitungspapier, nicht nass, also konnte es nicht lange gelegen sein, einige Fotos, die Ihnen nicht unbekannt sind, Ihre Adresse, Ihre Telefonnummer, Herr Weyrath, und Ihr Gesicht auf den Fotos. Die Zeitungsberichte sind Ihnen bekannt.
Der Name Anna Kainz kommt darin zum ersten Mal vor. Anna Kainz, ein Unfall, denke ich, Koma, lese ich, Mils, der Erkennungsdienst hat inzwischen Herrn Röhler erkannt, Anna Kainz, Mils, Professor Kranz, lese ich, Professor Kranz spreche ich, ein schwieriger Fall, sagt der und erinnert sich nicht ohne Stolz an die Komplikationen und dass es trotzdem gelang, sie durchzubringen, welche Komplikationen, frage ich, hören Sie, sagt er, schweres Koma, und noch dazu süchtig oder zumindest gewesen und daher wohl auch später der Rückfall.
Herr Röhler und Drogen, Frau Kainz, einmal süchtig gewesen, ein Unfall mit Fahrerflucht, Frau Kainz liegt im Koma, Frau Kainz und Herr Röhler, denke ich weiter, da muss etwas sein, sonst hätte der nicht zwei Jahre danach noch den Zeitungsausschnitt. Herr Röhler, Frau Kainz, und wo wohnt die denn jetzt, Sternwartestraße, wohnt

sie allein, wenn nicht, mit wem wohnt sie, sie wohnt nicht allein, mit Herrn Weyrath. Herr Weyrath, erinnert sich der Professor, der Sie als eigenartig beschreibt, fixiert irgendwie, worauf denn fixiert, auf diese Frau, auf Frau Kainz, und denken Sie, der hat diese Frau vorher gar nicht gekannt, hat sie praktisch adoptiert, zu seinem Fall gemacht, zu seiner Sache gemacht, eigenartiger Charakter, der Mann, sagt Herr Kranz.
Weyrath also, denke ich, und lasse überwachen. Zum Überwachen gehört Fotografieren, man bringt mir die Fotos, ich will aber auch Fotos von Frau Kainz, man sagt mir, die wohnt nicht mehr dort, nicht gekommen, nicht gegangen, auch kein Brief.
Und die Fotos von Herrn Weyrath, das also ist er, den habe ich doch schon gesehen, auf einem Foto, das Herr Röhler so freundlich war, zu verlieren, Autobahnausfahrt Innsbruck Ost, Sie stehen vor Ihrem Wagen und warten auf einen, der nicht und nicht kommt, weil er Sie fotografiert, so wie ich, Sie erinnern sich.
Und dann noch ein Foto, das kennen Sie auch, wie heißt es in dem Bericht, Fahrerflucht, ein grau métallisé-farbener Mittelklassewagen.

Was, wenn man sie tatsächlich irgendwo findet, wenn sie sich etwas angetan hat und man findet sie, was dann, was haben Sie mit Ihrer Freundin gemacht? Was haben wir aus uns gemacht.

Ein kleiner Ortswechsel, Herr Weyrath, Fluchtgefahr, Sie verstehen doch.

Untersuchungsrichter, Anwalt, Erklärungen, was denn erklären, dass man nichts sagen wird, und damit auch schon alles gestehen, so leicht ist das? Und wird doch ein Mörder dabei.

Was habe ich getan. Man wird es mir sagen. Den Kopf wird man mir nicht abschlagen. Den Kopf wird man mir nicht abschlagen. Ich tue es für mich, ich gebe alles zu, ich tue es für sie.
Keine Entgegnungen, aber auch kein Geständnis, kein Wort mehr, was immer sie daraus machen.
Anna, so geht die Sonne nicht auf. Du brauchst nicht mehr zu kommen, keine Rücksicht, ich bin irgendwie glücklich, endlich ist alles egal.
Ich nehme die Schuld nicht auf mich, ich habe sie von vornherein in deine Welt gebracht, Anna. So hat das alles jetzt Sinn. Du hast Luft, du hast Atem, du brauchst keine Spritzen und keinen, der sie dir gibt, du bist in den Bildern daheim, ich im Kopf. Wenn überhaupt irgendwo, dann im Kopf. Und in diesem Kopf habe ich dich, Anna, hörst du, und deine Bilder, vor denen du stehst, und die dich nie auslassen werden. Wie ich.

INNSBRUCK. Einen entscheidenden Schritt weitergekommen ist die Kripo Innsbruck im Fall des auf mysteriöse Weise ums Leben gekommenen Pharmaziestudenten Peter Röhler. Aufgrund einer langen Kette von Indizien muss Fremdverschulden am Tod des 26-jährigen Innsbruckers mit an Sicherheit grenzender Wahrscheinlichkeit angenommen werden.
In den frühen Abendstunden konnte heute ein der Tat dringend verdächtiger Innsbrucker Rettungsfahrer in Untersuchungshaft genommen werden. Konfrontiert mit den gegen ihn sprechenden Indizien ist der 33-jährige K. W. zum Teil geständig.
Aufgrund noch ungeklärter Begleitumstände kann nicht ausgeschlossen werden, dass W. auch für das plötzliche und spurlose Verschwinden seiner Lebensgefährtin Anna Kainz (25) verantwortlich sein könnte.

Herrn
Kurt Weyrath
Landesgefangenenhaus Innsbruck

Kurt,
was denn gestehst du und wem, wo mischst du dich ein, wessen Last möchtest du tragen.
Dafür bist du nicht, Kurt.
So machst du dich schuldig, glaub mir, an dir, an uns beiden. Du weißt nicht, was du zerstörst, indem du etwas auf dich nimmst, was es nicht gibt, nicht geben kann, weil es ganz einfach nicht war.
Du kannst gar nicht wissen, was war, und deshalb ist jeder Satz, den du ihnen über uns sagst und in dem du etwas gestehst, auch wenn du alles verschweigst, ein Verbrechen, das du an uns begehst.
Glaub ja nicht, Kurt, ich warte auf dich und dass du mich dir durch diesen Wahnsinn verdienst.
Wo ich zu finden bin, wissen sie jetzt. Sie brauchen nicht zu suchen. Ich komme von selbst.

INNSBRUCK. Im Innsbrucker Rettungsmord überschlagen sich die Ereignisse. Nachdem es der Kripo vor einigen Tagen erst gelungen war, einen am Tod des Innsbrucker Drogenkuriers Peter Röhler vermutlich Schuldigen dingfest zu machen, konnte heute dessen 25-jährige Lebensgefährtin Anna Kainz in einem Dorf bei Innsbruck ausfindig gemacht werden.
Während Kainz bis zu diesem Zeitpunkt als ein weiteres mutmaßliches Opfer gelten musste, wurde nun aber auch sie unter dem Verdacht der Mittäterschaft festgenommen und ins Landesgefangenenhaus überstellt.

Ich muss Sie noch einmal auf die Brücke bemühen, Herr Weyrath, diesmal mit Frau Kainz. Vielleicht fällt uns dort noch einiges ein.

Sie gehen über die Brücke.
Warum diese Falschmeldungen, fragt sie. Konnte ausfindig gemacht werden, Sie wissen, ich bin von selber gekommen. Und die Meldung, er hätte gestanden, was denn gestanden, dass er mich umgebracht hat und irgendwo vergraben oder von einer Brücke gestürzt?
Ich dachte, sagt Gehler, wenn sie am Leben ist und etwas damit zu tun hat, nur so wird sie kommen.
Ich rede für uns beide, sagt sie, Kurt sagt kein Wort mehr, sie haben ihm genug angetan.
Frau Kainz, haben Sie Salome gespielt und den Kopf von Peter Röhler von ihm verlangt, kann doch sein, und er hat ihn Ihnen gebracht. Oder haben Sie ihn sich selbst geholt, weil Sie wussten, er würde Ihr Leben zerstören? Peter Röhler ist hier umgekommen, das wissen Sie. Und Sie waren hier, beide. Das wissen wir.
Wie kommt man von einer Autobahn wieder herunter, über die Ausfahrt, Frau Kainz, Mautstelle Stubaital, Schönberg, Sie wissen, was kommt. Der Mann dort erinnert sich. Was sagen Sie, habe ich nicht ein Glück?
Jetzt lasse ich Sie eine Zeit unter sich. Ich denke, die werden Sie brauchen.

Deine Augen, Kurt, du möchtest alles gestehen und weißt nicht, was zu gestehen sein soll, du tust es für uns, denkst du. Zwecklos, Kurt, völlig sinnlos. Kann sein, für dich hat es Sinn. Nicht für uns, für uns beide nicht. Ich hole dich heraus, das heißt uns. Du möchtest gestehen und glaubst, das erleichtert dich. Dass es endlich aufhört. Doch die Erleichterung dauert nicht an.
Wofür willst du denn sühnen. Für dein kleines Vergehen, einmal davongefahren zu sein, hast du bezahlt, ich bin Zeuge. Das wenigstens wird man mir glauben.

Und wenn du es ihnen nicht sagst, ich werde es ihnen sagen, ich werde ihnen alles sagen, ich werde für dich sprechen.
Dann steht mein Wort gegen deines, sagt er.
Ich werde für dich sprechen. Ich werde statt dir für dich sprechen. Ich werde für mich sprechen. Ich werde die Wahrheit sagen. Ich werde sagen, wie es war. Wie alles war. Hörst du. Wie alles begann. Ich werde ihnen meine Geschichte erzählen. Wie ich sie dir erzählt habe. Ich werde ihnen deine Geschichte erzählen. Ich werde für uns sprechen. Ich werde nicht zulassen, dass du uns aus der Welt bringst, Kurt. Wir haben etwas auf unserer Seite, das es so gar nicht gibt, sie sagen Wahrheit dazu. Wir bewahrheiten uns in den Widersprüchen, und davon haben wir genug für die Ewigkeit.
Ich lasse mich nicht mehr begraben, wofür auch. Für dich? Ich hole mich hier wieder heraus. Ich hole uns hier wieder heraus. Und vielleicht, ich bin sicher, sagen wir so, fängt es dadurch mit uns an.

Aber das stimmte nicht.